肖复兴

著

总有人
会让你想起

天地出版社 | TIANDI PRESS

目录
CONTENTS

第一部分　校园回忆

鸿飞不知东西，但雪泥留下的指爪印痕，却是一辈子抹却不掉的，这便是一名好老师留给孩子的记忆，更是对于孩子的影响和作用。

一个都不能少 / 003

听妈妈讲那过去的故事 / 006

远航归来 / 012

想起牛老师 / 019

蓖麻籽 / 024

毕业歌 / 028

老电话号码 / 037

一天明月照犹今 / 041

九十岁能做的事情 / 045

无为而治的张老师 / 049

花阴凉儿 / 053

可爱的中国 / 057

五月的鲜花 / 064

星期天记事 / 069

花儿为什么这么红 / 076

体育老师 / 081

第二部分 我们的老院

从那时我的年龄和阅历来讲,我无法明白父亲曾经沧海的忧虑。我和父亲也隔着一道无法逾越的距离。

母亲三帖 / 087

清明忆父 / 094

父亲和信 / 098

姐姐 / 105

今朝有酒 / 115

花园大院 / 122

玻璃糖纸 / 124

羊羹 / 129

发小儿就是那把老红木椅子 / 134

被雨打湿的杜甫 / 140

少年护城河 / 145

泥斑马 / 150

表叔与阿婆 / 155

第三部分 想念老友

在记忆中,独木不成林,必须有另一个人存在,才会让遥远过去中所有的情景在瞬间复活,变为了鲜活的回忆。

赛什腾的月亮 / 161

等那一束光 / 165

三友图 / 169

鲫鱼汤 / 175

大年初一的饺子 / 179

椴树蜜 / 183

我和小尹在猪号的日子 / 195

豆秸垛赋 / 203

草帽歌 / 212

白桦树皮诗笺 / 215

总有人会让你想起 / 220

疏灯人语酒家楼 / 227

腊肠花 / 231

第四部分 人物纪念

他将长生草留给水，又将石楠花留给树木，他将岁月留给了他的文字。

忧郁的孙犁先生 / 237

他将长生草留给水 / 244

汀州去看瞿秋白 / 249

想念王火 / 254

早春二月——怀念孙道临先生 / 260

花之语 / 265

塔夫特夫人的选择 / 269

城市的想象家 / 273

第 一 部 分

校 园 回 忆

一个都不能少

王瑷东老师今年[①]八十一岁,鹤发童颜,还敢骑着自行车,在北京城越发拥挤的大街小巷里"游龙戏凤"。

在我的印象中,王老师是我们汇文中学里最漂亮的女老师,即使穿着简单朴素的白衬衫,也显得风姿绰约。她教高三毕业班的语文。1966年,我读高三。想想那时她还不到三十六岁,正是风华绝代的年龄。

1971年的冬天,我从北大荒探亲回京,到学校看老师,看见

---

① 指2011年。——编者注

了王老师。她还是那样的漂亮，似乎以往的岁月都不曾在她的身上留下什么痕迹。她把我拉到一边悄悄地说到她家借我书看，说到什么时候都还要读书。我到东单的新开路她家，她借给我《约翰·克利斯朵夫》《红楼梦》和《人间词话》。特别是《约翰·克利斯朵夫》，几乎成为我走上写作道路的启蒙书。

今年，是我们汇文中学建校140周年的日子。从两年前开始，王老师就打算把原来高三4班的同学都汇聚齐整。这是王老师"文革"前教过的最后一届学生，由于和她一起经历了那场"文化大革命"，她和我们学生弥笃情深。

过了春节，王老师非常高兴，因为高三4班四十五名同学，她已经找到其中四十四名。这四十四名同学，有出息的，有落魄的，有在外地的，有在国外的……在王老师的眼里，都没有了身份的焦虑，都是她的学生；依然是有教无类。说实在的，这四十五名同学，如今都和我一样早过了退休的年龄，王老师年过八十，还要跑远路，一部电话，一台电脑，一辆自行车，她要付出多少心血和代价。但是，她渴望这次全班同学的聚齐，就像当年她走进教室进行早点名一样，她不愿意看见一名同学缺席。

这最后一名没有找到的学生，叫刘泓，初中和我就是同学，他哥哥当年是中央乐团的小提琴手，他的小提琴在我们学校里拉得也很出名。1981年，他是我们班最早出国的先行者，因为他的姑姑在美国。怀揣着梦想，骚动着盲目，他开始了洋插队，却一下子泥牛入海一般，和大家都没有了联系。王老师最大的愿望，就是找到她最后的一名学生刘泓。她以为在汇文中学建校140周年的日子里，这件事最有意义。她就像一个鸡婆一样，要把她所有的学生像鸡雏一样，都揽在她的翅膀下。对于校庆，每个人都有自己的庆祝方法，作为王老师，她认为这是最好的庆祝了，胜过什么隆重的大会或觥筹交错的晚宴。

五一节前夕，我和王老师一起到长安大戏院看京戏。说起王老师的这一努力了两年的心愿，我笑着说王老师这符合传统老戏里的大团圆的结尾。王老师却兴奋地告诉我：刘泓终于找到了！前两天，他给我打来电话，我一耳朵就听出来了，还是三十年前的他那憨厚的声音。

戏也没好好看，听王老师说，知道了刘泓在美国的经历不凡，至今独身，一直做维修工，六十四岁了还在干活。不过，他很乐观，有一个美国的女朋友，日子过得挺好。我问王老师：您多大的本事，是怎么找到刘泓的？王老师笑着说，该找的地方都去了，该问的人都问了，她说起在美国我的一个同学的名字，他的爱人的朋友知道刘泓，你说这不是踏破铁鞋无觅处吗，怎么那么巧？我说，这不是巧，是您心诚则灵。

如今，高三4班四十五名同学终于都聚齐了，可以让王老师点名了，四十五声嘹亮的回声：到！

那应该是王老师最幸福的时刻。

听妈妈讲那过去的故事

四年级开始,教我们音乐课的是汪老师,我已经忘记她叫汪什么了。在我的眼里,她是个老太太了。不过,孩子的眼睛常常看不准,那时自己太小,便容易把比自己大许多的大人都看成老人。

现在回想起来,汪老师大概最多也就是四十多岁。

她很胖,个子不高,面容白皙,长得很好看,戴着一副金丝边的近视眼镜,是那种家境很好又很会保养的人,在全校的老师中很是显眼。这都是我自以为是的猜测。

她脾气很温和,有一天下午放学,我和几个同学在教室里撕开嗓子,唱歌。那时,流行一首叫作《歌唱二郎山》的歌,广播喇叭里总唱,不知是哪个学生把歌词"二呀嘛二郎山呀,高呀嘛高万丈，古树荒草遍山野，巨石满山岗……"改成了"二呀嘛二大妈呀，搞呀嘛搞对象，东搞西搞没搞上，搞上了个秃和尚……"我们觉得这词改得特别好玩，就一起驴吼马叫一般唱了起来。正巧汪老师从教室门前路过，听见我们唱歌，走进教室，冲我们摆摆手，我们以为她招呼我们有什么事情呢，就停下唱，走到她的身边。她轻轻对我们说："这么好听的歌，不兴这么瞎唱。"说完，冲我们笑了笑，走了。

她教我们唱歌教得很好，既认真又有方法，最主要方法就是从不批评，而是常常表扬，总是说我们唱得真好听，学得真快……我们都爱上她的音乐课。那时候，学校里只有一架脚踏的风琴，每一次上音乐课前，都要几个同学从办公室搬到教室里来。每一次，我都争先恐后跑去搬琴。

她听我们唱歌时爱侧着脑袋，双脚踩着踏板，一只手弹琴，腾出另一只手轻轻地打着拍子，非常专注的样子，好像特别喜欢听我们唱，我们就像语文课本里学的古诗"鹅鹅鹅，曲项向天歌"一样，伸长了脖子，唱得格外卖力气。她教我们唱歌时略微带有南方的口音，挺甜的，有点像我们小孩子说话。尤其是她一边弹着风琴一边仰着脸唱歌的样子，特别天真像小孩子。

我对她印象极好，还有一个原因，就是我特别喜欢她教我们唱《听妈妈讲那过去的故事》。如果每个孩子都有属于自己童年的歌曲的话，《听妈妈讲那过去的故事》，就是我最喜欢的歌，它始终是飞翔在我童年最美好最难忘的旋律。

　　说来也许好笑，我特别喜欢这首歌的原因，除了它的旋律美，另一个原因是在全校歌咏比赛时，高年级领唱这首歌的，是那个叫秦弦的大队长，与其说我喜欢这首歌，不如说我更喜欢领唱这首歌的秦弦大姐姐。秦弦这个名字，特别好听，立刻让我想起琴弦。还有起这样名字的吗？把生活中真实具体的东西，而且一定是美好的东西，当作自己的名字。那时候，我见识少，想起秦弦这个名字，曾经胡思乱想，姓胡的，也可以叫胡琴了呀；姓马的，也可以叫马头琴了呀；姓杨的，也可以叫杨琴的呀……但是，都觉得没有秦弦这个名字好。我们班上就没有一个同学有这样好听又别致的名字。我希望自己也能像秦弦一样领唱这首《听妈妈讲那过去的故事》，最好也在学校礼堂的舞台上。我觉得自己唱得还不错，在底下悄悄练过好多次。

　　汪老师好像钻进我的心里去了一样，猜到了我的心事，一天快要下课的时候，她宣布我们班谁来领唱这首歌，竟然念到的是我的名字！

　　放学后，我被留下来，跟着她的琴声练了一遍又一遍《听妈妈讲那过去的故事》，那真是挺幸福的事。她主要教我唱歌要带着感情和表情，先要有感情，才能有表情。感情从哪儿来？你就要边唱边真的觉得好像是在夏天的夜晚，坐在谷垛旁边听妈妈讲那个动人的故事……

她说话声特别好听，南方绵软的声音，像汤圆一样糯糯的，让我觉得就像唱歌似的，不知不觉地学会好多东西。所有这一切，都是我第一次听到，我感到特别的新鲜。如果说这也能算是艺术的话，我最早接触的艺术，大概就要算这首《听妈妈讲那过去的故事》，最早引我进入艺术殿堂的领路人，就是汪老师。

一个小孩子对一个老师的好感或恶感，就是这样简单。不管怎么说，汪老师是一个挺受我们学生欢迎的老师。我对她充满感激之情。

四年级的时候，汪老师不仅让我成为我们班这首歌的领唱，而且，五年级的时候，最初让我演唱《小放牛》的，也是汪老师。至于后来换人不让我演，开始的时候，我挺埋怨她，后来我总是想，换人的主意，肯定不是她，而且，我想这也不是她能够主宰的事情。想想汪老师待我一直很好的，心里埋怨她的结也就解开了。

汪老师教我两年多一点儿的时间，六年级刚开学没几天，有一天音乐课，上课铃打了老半天了，也没见汪老师的人影。起初，我以为她病了。过了一会儿，我们的班主任张老师来了，改上语文课。看张老师那表情，好像他感到也挺突然、挺茫然的。

汪老师好像不是病了，而是发生了别的什么事情。我们不知道汪老师到底因为什么没有来上课，谁也不敢问，问了，老师也肯定不会说的。起初，我还盼望着过些天，忙完她的事情，汪老师就会来上课的。但是，以后好多堂音乐课，她都没有来上，直至有一天换了一个新的音乐老师。

这时候，在学校里传开了，汪老师倒卖粮票被公安局抓住，送进了拘留所。

如今的年月，人们已经对粮票很陌生了，难以明白在我国的历史中，曾经有过那样很长一段日子，买粮食要粮票，买肉要肉票，买布要布票……买什么东西，都要票。在饥饿的年代，粮票对于一个人是多么的重要。那时，虽然我仅仅还是个小学生，但我懂。只是过了许久许久，我都弄不明白，为什么汪老师要去倒卖粮票？一个那么有修养那么好看又那么会唱歌的老师，干吗要去倒卖粮票？那是要鬼鬼祟祟，战战兢兢的呀！

以后，稍稍长大一些，想起汪老师，便总是在想：一个饿着肚子的人，有时为了生存会铤而走险；一个过惯了优越生活的人，有时也会为了虚荣一失足而成千古恨。汪老师是这两方面的综合？我不大清楚，只是猜测。不管怎样，我都为汪老师惋惜，怎么都觉得干这样事的不该是汪老师，而应该是别的什么人。有时，我甚至想也许他们抓错了人。过不了多久，他们就会把汪老师放回来的，汪老师还能教我们的音乐课。

可是，我小学毕业，升入中学，乃至中学毕业，汪老师都没有再返校教书。

忘记是什么时候了，我听别的同学告诉我，汪老师当时其实是为了几个孩子。那时整个国家大饥饿刚刚露出了端倪，她有好几个孩子，而且都是正长身体要饭量的男孩子，她又是离婚独自挑起这沉重的家庭大梁，没有办法，想用钱换点儿粮票，偏偏遇到了公安局的人，不由分说给抓了起来，便一下子断送了她音乐老师的生涯。

她是一个多么好的音乐老师！对我是这样一个难忘又可惜的音乐老师。我常常会想起她，特别是听到《听妈妈讲那过去的故事》的时候，总会情不自禁地想起她。

远航归来

不知为什么，最近一些日子，总想起王老师。王老师，是我的小学老师，虽然已经过去了整整六十年，我还清楚记得他的名字叫王继皋。

王老师是我们班语文课的代课老师。那时候，我们的语文任课老师病了，学校找他来代课。他第一次出现在教室门口，全班同学好奇的目光像聚光灯一样集中在他的身上。他梳着一个油光锃亮并高耸起来的分头，身穿着笔挺的西装裤子，白衬衣塞在裤子里面，很精神的打扮。关键是脚底下穿着一双皮鞋格外打眼，古铜色，鳄鱼皮，镂空，露着好多花纹编织的眼儿。

从此，王老师在我们学校以时髦而著称，常引来一些老师的侧目,尤其是那些老派的老师不大满意,私下里议论:校长怎么把这样一个老师给弄进学校来,这不是误人子弟嘛!

显然,校长很喜欢王老师,因为他有才华。王老师确实有才华。他的语文课,和我们原来语文老师教课最大的不同,是他每一节课都要留下十多分钟的时间,为我们朗读一段课外书。这些书,都是他事先准备好带来的,他从书中摘出一段,读给我们听。书中的内容,我都记不清楚了,但每一次读,都让我入迷。这些和语文课本不一样的内容,带给我很多新鲜的感觉,让我想入非非,充满好奇和向往。

不知别的同学感觉如何,我听他朗读,总觉得像是从电台里传出来的声音,经过了电波的作用,有种奇异的效果。那时候,电台里常有小说连播和广播剧,我觉得他的声音,有些像电台广播里常出现的董行佶。爱屋及乌吧,好长一阵子,我喜欢听人艺演员董行佶的朗诵。私底下,我模仿着王老师的声音,也学着朗诵。有一次,我参加学校组织的朗诵比赛,选了一首袁鹰写的《密西西比河,有一个黑人的孩子被杀死了》,班主任老师找王老师指导我。他很高兴,记得那天放学后在教室里,一遍一遍辅导我,他很兴奋,我也很兴奋。离开校园,天都黑了,满天星星在头顶怒放,感觉是那样美好。我喜欢文学,很大一方面,应该来自王老师教给我的这些朗诵。

王老师朗读的声音非常好听,他的嗓音略带沙哑,用现在的话说,是带有磁性。而且,他朗读的时候,非常投入,不管底下的学生有什么反应，他都沉浸其中，声情并茂，忘乎所以。有时候，同学们听得入迷，教室里安静得很，他的声音在教室里水波一样有韵律地荡漾。有时候，同学们听不大懂，有调皮的同学开始不安分，故意出怪声，或成心把铅笔盒弄掉到地上。他依旧朗读他的，沉浸在书中的世界，也是他自己的世界里。

  王老师的板书很好看，起码对于我来说，是见到的老师里字写得最好看的一位。他头一天给我们上课，介绍自己的名字的时候，转身用粉笔在黑板上写下了"王继皋"三个大字，我就觉得特别好看。我不懂书法，只觉得他的字写得既不是那种龙飞凤舞的样子，也不是教我大字课的老师那种毛笔楷书一本正经的样子，而是秀气中带有点儿潇洒劲头。我从没有描过红模子，也从来没有模仿过谁的字，但是，不知不觉地模仿起王老师的字来了。起初，上课记笔记，我看着他在黑板上写的字的样子，照葫芦画瓢写。后来，渐渐地形成了习惯，写作文，记日记，都不自觉地模仿王老师写字的样子。这个习惯，一直延续到我读中学，即使到现在，我的字里面，依然抹不去王老师的字的影子。这真是件非常奇怪的事情，一个人对你的影响，竟然可以通过字绵延那么长的时间。

  不仅字写得好看，王老师人长得也好看。我一直觉得他有些像当时的电影明星冯喆。那时候，刚看完《南征北战》，觉得特别像，还跟同学说过，他们都不住点头，也说是像，真像。后来，我又看了《羊城暗哨》和《桃花扇》，更觉得他和冯喆实在是太像了。这一发现，让我心里暗暗有些激动，特别想对王老师讲，但没有敢讲。当时，我年龄太小，觉得王老师很大，师道尊严，拉开了距离。其实，现在想想，王老师当时的年龄并不大，撑死了，也不到三十。

王老师给我留下最深的印象，是好几次讲完课文后留下来的那十多分钟，他没有给我们读课外书，而是教我们唱歌。他自己先把歌给我们唱一遍，唱得真是十分好听，比教我们音乐课的老师唱得好听多了。沙哑的嗓音，显得格外浑厚，他唱得充满深情。全班同学听他唱歌，比听他朗诵要专注，就是那几个平时调皮捣蛋的同学，也抱着脑袋听得入迷。

不知道别的同学是否还记得，我到现在仍然记忆犹新。王老师教我们唱的歌叫作《远航归来》。我到现在还清楚地记得那里面的每一句歌词：

> 祖国的河山遥遥在望，
> 祖国的炊烟招手唤儿郎。
> 啦啦啦啦啦啦，
> 招手唤儿郎。
> 秀丽的海岸绵延万里，
> 银色的浪花也叫人感到亲切甜香。
> 祖国，我们远航归来了，
> 祖国，我们的亲娘！

当我们回到你的怀抱，

　　　火热的心又飞向海洋……

　　这首歌不是儿童歌曲，但抒情的味道很浓，我们很喜欢唱，好像唱大人唱的歌，我们也长大了好多。全班一起合唱，响亮的声音传出教室，引来好多老师，都奇怪怎么语文课唱起歌来了？

　　一连好几次的语文课上，王老师都带我们唱这首歌，每一次唱得我都很激动，仿佛真的像一名水兵远航归来，尽管那时我连海都没有见过，却觉得银色的浪花和秀丽的海岸就在身边。我还发现，每一次唱这首歌的时候，王老师比我还要激动，眼睛亮亮的，好像在看好远好远的地方。

　　没有想到，王老师教完我们这首歌没几天，就离开了学校。那时候，我还天真地想，王老师教课这么受我们学生的欢迎，校长又那么喜欢他，兴许时间一长，他就可以留在学校里，当一名正式的老师。我们的语文任课老师病好了，重新回来教我们。我当时心想，他的病怎么这么快就好了呢？王老师在课上，没有说一句告别的话，甚至连他就要不教我们的意思都没有流露，就和我们任课老师完成了交接班的程序。甚至根本不需要什么程序，像一阵风吹来了，又吹过去了，了无痕迹。那一天语文课，忽然看见站在教室门前的是我们的任课老师，不再是王老师，心里忽然像是被闪了一下，有点儿怅然若失。

当然，那时，我们所有的同学都还是孩子，王老师没有必要将他的人生感喟对我们讲。我总会想，王老师那么富有才华，为什么只是一名代课老师呢？短暂的代课时间之后，他又会去做什么呢？当时，我还太小，无法想象，也没有什么为王老师担忧的，只是觉得有些遗憾。但是，时过境迁之后，越来越知道了一些世事沧桑和人生况味，对王老师的想象在膨胀，便对王老师越发怀念。

整整六十年过去了，这首《远航归来》，还常常会在耳边回荡。这首歌，几乎成了我的少年之歌，成了王老师留给我难忘而带有特殊旋律的定格。

长大以后，读苏轼那首有名的诗：人生到处知何似，应似飞鸿踏雪泥。泥上偶然留指爪，鸿飞那复计东西。会想起王老师。他教我不到一学期，时间很短，给我留下的印象却深。鸿飞不知东西，但雪泥留下的指爪印痕，却是一辈子抹却不掉的，这便是一名好老师留给孩子的记忆，更是对于孩子的影响和作用。

我以为我不会再见到王老师了。没有想到，初三毕业的那年暑假，我在新认识不久的一个高三的师哥家，竟然意外见到了王老师。

他家离我家不远，是一个三进三出的大四合院。那时，学校有一块墙报叫《百花》，每月两期，上面贴有老师和学生写的文章，我的这位师哥的文章格外吸引我，他成为我崇拜的偶像。我到他家，是他答应借书给我看。记得那天他借我的是李青崖译的上下两册《莫泊桑短篇小说选》。他向我说起了王老师的事情，因为出身于资本家家庭，王老师没有考上大学，以为是考试成绩不够，他不服气，又一连考了两年，都以失败告终。不仅因为没有考上大学，还因为他出身不好，又好打扮，便也没给他分配工作，他只能靠临时打工谋生，最后，家里几番求人颠簸，好不容易分到南口农场当了一名农场工人。然后，师哥又对我说，他喜欢文学，也是受到了王老师的影响。

我见到王老师的时候，他正坐在一个小马扎上，在他家的门前一片猩红色的西番莲花丛旁乘凉。我一眼认出他来，走上前去，叫了一声："王老师！"他眨着迷惑不解的眼睛，显然没有认出我来。我进一步解释："您忘了？第三中心小学，您代课，教我们语文？"他想起来了，从小马扎上站起来，和我握手。我才发现，他是挂着一个拐杖站起身来的。我师哥对我说：是在农场山上挖坑种苹果树的时候，石头滚下来，砸断了腿。王老师摆摆手，对我说："没事，快好了。"

那一刻，小学往事，一下子兜上心头，我好像有一肚子话要说，却什么也说不出来。他看见我手里拿着的书，问我："看莫泊桑呢？"我答非所问地说："我还记得您教我们唱的《远航归来》呢。"他忽然仰头笑了起来。我们就这样告别了。那以后，我好久都不明白，说起《远航归来》，他为什么要那样笑。我只记得，他笑罢之后，随手摘下了一片身边西番莲的花瓣，在手心里揉碎，然后丢在地上。

想起牛老师

牛老师人长得高高胖胖，走路总是挺着大肚子，鹅似的，迈着四方步，从来不紧不慢，无论见到谁，都是先露出一脸的笑容打招呼。现在回忆起来，觉得他特别像之前看过的电影《小兵张嘎》里的胖翻译。相反，他的妻子长得小巧玲珑，和他并排站在一起，一高一矮，一胖一瘦，特别像是一对说相声的。

牛老师四十多了才得子，先后有两个孩子，倒是一男一女一枝花。弟弟胖，像他；个头儿矮，像他妻子。姐姐瘦削，像妻子；个头儿高，又像他。这一家子人长的！街坊们这样说，话里面不带有任何的贬义，只是觉得有点儿好乐。

牛老师和我是街坊，在紧挨着我们大院的另一个院子里住，他儿子小水和我一般大，我常去他家找小水玩。

小学一年级，开学没几天，上第一节图画课时，预备铃声响过，站在教室门口的，竟然是牛老师。我当然知道他是美术老师，我们学校有好几个美术老师，没有想到的是，他教我们美术课。

不仅是我一个学生，班上所有的同学，都认为牛老师是个好老师。小时候，对老师好坏的认知标准是极其偏差的。牛老师之所以被我们很多同学认为好，是因为他是个大好人，别看他胖，说话却柔声细气，脾气特别好，从来没见他的脸上飘过一丝阴云。我们常在图画课上捣乱甚至恶作剧，比如他教我们画水墨画的时候，趁他背过身往黑板上写字，我们偷偷地把他放在讲台桌上的墨汁瓶打翻。他从来不生气，也从来没有向我们班主任老师告状。全班同学，只要你图画课的作业交了，即使画得再赖，赖得像狗屎，他也不会给你不及格。

牛老师住大院里院的两间西屋。他和老伴住里间，他的两个孩子住外间。我和他家的小水之所以混得厮熟，最早是因为小水说他家有成套的小人书《水浒传》和《西游记》。那一阵子，我天天从电台广播里听孙敬修老爷爷讲孙悟空的故事，特别想看《西游记》的小人书，一听小水说他家有，迫不及待地就跟着小水进到他家。

他家外屋比里屋大好多，小水和他姐一人一个单人床，靠屋的两侧，紧贴在墙边，屋子中间摆放着一张八仙桌，桌子后面的墙上，挂着一幅大写意的墨荷图挂轴。不用问，肯定是牛老师画的。

牛老师教我们图画课的时候，曾经教过我们画这种墨荷，说是不着颜色，只用墨色，就能将荷花的千姿百态画出来，是只有中国水墨画才有的本事。然后，他又兴致勃勃地讲起来墨分五色。说实在的，那时候我是听不懂他说的什么墨分五色，也不大喜欢画这种画，弄得一手都是黑乎乎的墨汁，也画不出牛老师说的那种荷花的千姿百态。尽管这样，牛老师还是不止一次表扬过我，说我有慧根，指着我图画课的作业，说我画得不错，还把我的作业放在学校的橱窗里展览过。现在想来，后来我真的喜欢上了绘画，还真的要感谢牛老师呢。

记得有一天，我和小水挤在他家床头看《西游记》里的《盘丝洞》，牛老师回家来了，看我们两人正在专心看书，冲我们点头笑笑，脱下外衣，一屁股坐在他家的八仙桌旁一杯接一杯地喝茶，没再搭理我们。

听我们大院的街坊们讲，牛老师这两个孩子，他最喜欢姐姐，因为姐姐爱读书，学习成绩好。他嫌小水太贪玩，一进门看见小水和我在一起看小人书，而不是看课本，心里肯定不高兴，不过是看我在身边，不好申斥小水罢了，倒是当着我的面，对小水夸我的画画得好，然后又说让小水也跟他好好学学画画。说着，说着，忽然忧心忡忡地说："将来长大了，也能有一技之长，在社会上好混饭吃。"这话，小水不爱听，抱着小人书，一把拉着我跑出了屋。

这话，我听得也觉得怪，和牛老师在课堂上对我们讲的话不大一样。在课堂上，他总是笑容满面，从来没见过他这样一脸愁云惨淡的，好像他一眼就看见了将来，好像面对着的我们不是孩子，而是一下子就长大了的成年人。

我和小水上了中学以后，小人书成了历史，我们不再看了，都爱读文学方面的书。小学毕业考试，小水考的成绩不好，上了一所普通中学，我考上了市重点汇文中学。尽管我们上的不是同一所中学，难得天天见面，但是，星期天，在图书馆里，我们两人常能碰面，好像约好了似的，让我们两人都非常高兴。那时候，在天安门东边的劳动人民文化宫里，有一座图书馆，是过去的什么大殿。那里开设了一间很开阔的阅览室，古色古香，异常清静，窗外古木参天，浓荫蔽日，正好读书。从那以后，那里就成了我们两人星期天读书的天堂。

尽管牛老师一再要小水跟他学画，小水依然不喜欢，倒是他姐姐喜欢，秉承了牛老师的画画爱好，遗传了牛老师的基因，考上了工艺美术学校。由于牛老师要孩子晚，我和小水读中学不久，牛老师就退休了。尽管他对小水的学习成绩一直叹气，但对小水姐姐考上工艺美术学校，还是挺满意，成为他唯一的安慰。

我已经很少去他家了，倒不是因为上中学以后功课多作业也多，而是我每一次去他家，他总要当着我的面数落小水，说他不争气，让他向我学习！这让小水和我都很尴尬。那时候，我们的年龄毕竟还小，不爱听大人的唠叨，也不大理解大人的心思。牛老师，是一个老师，也是一个父亲：做老师，他可以对所有的学生脾气都好，容忍我们的一切顽皮乃至不好好画画不好好学习的行为；但是，做父亲，他和所有的父亲一样，是望子成龙的呀。

流年似水，和小水分别有四十多年，再未见过面。前些年，为写《蓝调城南》一书，我重返我们大院好多次。老院旧景，前尘往事，不请自来，纷沓眼前，我想起了牛老师和他的两个孩子，便去了隔壁的大院。走到后院牛老师家那两间西屋前，房门紧锁。我问街坊：牛老师还住在这里吗？街坊告诉我，牛老师老两口都过世了。这房子，他儿子小水从山西插队回来后在住，前几年，不是说要拆迁吗，小水一家第一拨就拆迁搬走了。我问知道搬到什么地方了吗？街坊摇摇头，只是说好像是大兴什么地方，具体的，记不清了。

我在牛老师家门前站了老半天，童年的时光，铺满眼前。小水的姐姐，我印象不深，但是，小水的印象很深。但那也只是童年和少年时的印象，以后，小水怎么样了，我一无所知，我的印象里，更多的是牛老师对他隐隐的担忧。

我想起了小水，更想起了牛老师。这时候，想起了牛老师，觉得他不仅是一个好老师，更是一个好父亲。因为，这时候的我，也是一个父亲。

蓖麻籽

我当过整整十年的老师，大学、中学、小学都教过。当惯了老师都讲究师道尊严，面对学生，觉得自己一贯正确。其实，老师常有马失前蹄的时候。

我教过的一位女高中生，对我讲过她自己这样一件事。

小学一年级时，发展第一批同学入队前。上学路上，她和一个小男孩一起走。小男孩先天残疾，半路上挨了一个大男孩的打。她很气不过，冲上前一拳朝大男孩打去。谁知这一拳正巧打在大男孩的鼻梁上。小男孩挨欺负没流血，大男孩欺负人反倒鲜血直流。事情就是这样的反差古怪，她被班主任老师——一位慈祥的老太太叫到办公室，挨了批评。批评的原因，在老师看来，很是简单明了：

大男孩鼻子流的血是如此显山显水。

第一批入队的名单里，没有了她。

她回家后，不吃不喝，气得病了。父母问她为什么，她不说话，自己和自己运气。这很符合孩子的特点，疙瘩就这样系上了，如果解不开，很可能会改变一个孩子一生的性格，乃至对整个生活的态度。孩子的事，就是这样的细小，大人们会觉得没什么大事，但在孩子柔弱的心里，却是没有小事的。

几天过后，那位老太太——她的班主任老师来到她家，手里拿着一条红领巾，还有一包蓖麻籽。老师把红领巾戴在她的脖子上，把蓖麻籽送给了她的父亲，说了好多的话，有一句，她至今记忆犹新："这孩子像蓖麻籽一样有刺儿！"

那个年代里，校园内外，种了许多蓖麻。它们可以炼油，蓖麻籽曾伴我们这一代人度过肚内缺少油水的饥饿时光。现在的校园里，名贵的花草树木已经很多，很难见到蓖麻籽，学生对蓖麻陌生了。

这位女老师，用自己独特的方式，向比自己小几十岁的学生承认了自己的过错。我不知道她在送学生红领巾的时候，怎么会灵机一动，突然想起了蓖麻籽？这绝对是灵感，蓖麻籽使得老师认错这一简单的事情，化为了艺术，化为了她的学生一辈子永不褪色的美好回忆。

我相信，再高明的老师，也会有闪失的时候。闪失过后，向自己的学生低首认错已是很难；再将这认错的过程化为艺术，则不是每一位老师都能做到的。

三十多年前,我在北京一所中学里教高三语文并担任班主任,就在那一年的夏天,我考入了大学。即将离开这所中学的时候,班上发生了这样一件事:坐在最后一排一位高高个子的女学生的钢笔不翼而飞。如果是一支普通的钢笔,倒也罢了,偏偏是她的父亲在国外为她买的一支造型奇特、颜色鲜艳的钢笔。那时候,国门尚未打开,舶来品很是让人羡慕,让人眼睛为之一亮。

丢失钢笔后,她向我报告时,我看到她眼泪汪汪的,而她的同桌一个男同学,则得意而诡黠地笑。这家伙平常就调皮捣蛋,是班上有名的嘎杂子琉璃球。我当时有些不冷静,一准儿认定是这小子犯的坏!我立即叫他站起来!他偏偏不站起来,拧着脖子问我:"凭什么叫我站起来?又不是我偷的钢笔!"我反问他:"不是你偷的,你笑什么?"他反倒又笑了起来,而且比刚才笑得更凶:"笑还不允许了?我想笑就笑!"

唇枪舌剑,话赶话,火拱火,一气之下,我指着他的鼻子,让他立刻给我离开(差点儿没说出"滚出")教室!他更不干了,坐在那儿愣是不走。全班同学都把目光集中在我和他的身上,我更加不冷静,走上前去,一把揪起他,拖死狗一样,拖他往教室门口走去。他的劲儿很大,使劲儿挣巴着,和我在拔河。

当了十年的老师,只有这一次,我竟和学生动了手。

第二天,这位女同学就找到钢笔。她放错了地方,还愣往铅笔盒里找！没过多少天，我就离开了这所中学。到大学报到前，班上许多学生，到我家来为我送行。没有想到，其中竟有这个被我揪起来的男同学。

我很感动。我觉得很对不起他，是我冤枉了他，而且对他还动了手。我不知道该如何表达。向他认个错？我缺乏勇气，脸皮也薄。自然，我也就没能如那位老太太一样，突然萌发出蓖麻籽的灵感。

我当了十年的老师，却没有掌握当老师的这门独特艺术。

偶尔想起那个倔头倔脑的男同学。算算，他现在五十多岁了吧？

偶尔也想起蓖麻籽。如今北京城真的已经很少能见到蓖麻了。

//
毕业歌

在20世纪50年代初期和中期，我们大院里陆陆续续搬进好多新住户。这是我们大院膨胀期的开始，不仅改变了以往会馆居住人口的成分，也改变了以往会馆的建筑格局。可以说，就是从这时候开始，尽管广亮式的大门还在，二道门、影壁、石碑和院墙还在，但包子里包的是肉还是菜，不在褶儿上，原来的老会馆，渐渐地成了大杂院。

这是一种非常有意思的现象，我没有做过研究，为什么那时候我们大院一下子膨胀出这样多的人家。现在想想，大概是当时的户籍管理没有那么严格，像现在北京户口那样金贵，也没有城镇户口和农村户口之分，从外地乃至农村来的人，都可以轻易地上上北京户口，只要到派出所登个记就行了。我生母去世之后，我的继母从河北沧县东花园村里来，就是这样简单轻便地上了户口，那是1953年。另外一点，是北京刚解放不久，百废待兴，需要各种人才和劳动力，要不，那么多人来到北京，找不到工作，没有饭碗，光有户口也没用。总之，看着住进越来越多的人家，大院越来越热闹的样子，可以看出那个时代的一点影子。大院的兴旺，就是北京当时兴旺的一种象征，也是人权物再分配的一种显示。风生水起的变化，在迅速地蔓延，只是人们还不大清楚以后究竟会发生什么样的变化。

那时候，搬进我们大院的人好多是从农村来的，都是些出身贫寒的人家。租住的房子，是大院里破旧或其他废弃的房子改建的，房租仨瓜俩枣，没有多少钱。那时候，我们大院的房东，心眼儿不错，可怜这些人，旁人一介绍，就住进来了。

玉石和他的爸爸妈妈住进我们大院，他家的房子可以说是大院最差的了。对于我们大院的住房，有个约定俗成的看法，就是前三个是院子的正房，它们两侧的配房其次；再下面，是大院两边的东西厢房；最差的则是东跨院。玉石家的房子在大院西厢房最里面的把角的一间，为什么大家都说是最差，就因为房子是用以前的厕所改建的。我们大院原来有两个厕所，东西两边各占一个，大院的住户增多，房东想多挣房租，就只留下了东边的一个稍微大一些的厕所，把西边的这个厕所改成了住房。

玉石家是不知道这内情的。我们都知道，大概是心理作用，什么时候到他家去,地上总是潮乎乎的,我总觉得有股子臭味儿,从地底下一阵阵地往上拱出来。后来,玉石家知道了内情,但是,玉石觉得比他们家以前在农村住的好多了,关键是,离学校近,这让他最开心。他对我说过,在村里上学,每天得跑十几里的山路。

玉石搬进来那一年,读小学六年级,来年就要读中学了。这是他家决心从农村搬进北京城的一个主要原因。如果还在原来的农村,读中学,玉石就要到县城去,那就更远了。玉石学习成绩好,他爸爸说,就是砸锅卖铁,也要供玉石读中学,然后上大学。那时候,上大学,对于我是一件遥远的事情,但和玉石在一起,天天听他和他爸爸这么念叨,便也成为我一件特别向往的事情。

玉石的爸爸在村里是泥瓦匠,心里对读书人高看一眼,信奉的是老辈人传下来的至理名言:书中自有黄金屋,书中自有颜如玉。他教育玉石有两句口头禅,一句是"你爸爸我只念过三年的私塾,要是家里有钱供我,我也能读书读到中学大学,不会当这泥瓦匠",一句是"吃得苦中苦,享得人上福;小时候吃窝头尖儿,长大才能当大官儿!"这两句口头禅,前一句是现身说法,后一句是要玉石学习刻苦。玉石听得耳朵都起茧子了,要是我早烦了,尤其是什么吃得窝头尖儿,长大当大官儿,难道读书就是为了当大官吗?这是我当时的想法。不知道玉石怎么想的,反正他爸这么说,他都是毕恭毕敬地听着,也许这耳朵听进去,那耳朵又跑出来了吧?

玉石他爸有手艺，到了北京，很快就在建筑工地找到了活儿。住的房子虽然是厕所改的，一家人的日子过得其乐融融，好像只要人一起到了北京，就有了盼头。就是玉石像豆芽菜一样，显得瘦小枯干，虽然比我大三岁多，长得还没有我高。记忆最深的是，有一次我们房东太太好心地对玉石的妈妈说："你家孩子这是缺钙呀！"玉石妈妈连忙摆手说："我们家玉石不缺盖，家里的被子絮的棉花挺厚的。"这件事，一直到现在，只要提起玉石，大院的老街坊还要说起。

我们大院里好多街坊，都像房东一家一样关心玉石家，不仅因为两口子待人和气，日子过得紧巴，关键是心疼玉石，玉石学习确实棒，小学毕业以全校第一的成绩考入汇文中学，更是让人们的心偏向玉石。并且，家家都拿玉石做榜样，催促自己孩子好好学习。我爸爸就是最有代表性的一个，几乎天天对我说："你瞧瞧人家玉石是怎么学的，你得像玉石一样，也得考上汇文！"

三年后，我也考上了汇文中学。玉石又以连续三年优良奖章获得者的身份保送上了汇文的高中。这时候，全院开始以我们两人为骄傲。这是1960年的秋天，短暂的快乐，迅速被淹没。自然灾害和人祸一起搅裹，从农村到城市，饥饿蔓延，家家吃不饱肚子。本来就瘦弱的玉石，越发显得骨瘦如柴。冬天到来的时候，玉石的爸爸从工地的脚手架上摔了下来，当场没了气。事后，从玉石妈妈的哭丧中，人们才知道，玉石的爸爸是把粮食省下来让玉石吃，自己尽吃豆腐渣和野菜包的棒子面团子，天天在脚手架上干力气活，肚里发空，头重脚轻，一头栽了下去。

玉石是个懂事的孩子，爸爸走了，妈妈没有工作，他不想再上学了，想去工地接他爸爸的班。工地哪敢要他？背着书包，他不是去学校，而是瞒着他妈妈，天天去别的地方找活儿。一直到我们学校里的老师找到家里来了，是他班主任丁老师，一个高个子教物理的老师，推着辆如同侯宝林相声里说的那种除了铃不响哪儿都响的破自行车，从大门口，一直走到西厢房的最里面，自行车咣当咣当的响声响了一路。

玉石没在家，还在外面跑着找活儿呢。丁老师对玉石妈妈说："玉石学习成绩一直很好，是个读书的材料，这么下去，就可惜了，您要劝劝他。学校也会尽力帮助的。咱们双管齐下好吗？"

玉石妈妈没听懂双管齐下是什么意思，等玉石回来，只是一把鼻涕一把眼泪地对玉石说："孩子呀，你爸爸为啥拼着命从村里到北京来？又为啥拼着命干活儿？还不就是为了让你好好上学？你这说不上学就不上学了，对得起你爸爸吗？说句不好听的，你爸爸就是为了你死的呀！"最后，他妈用拳头捶着他的后背，指着挂在墙上的他爸的遗像，让他跪下向他爸发誓。他没有说话，只是扑通一下跪了下去。

玉石又开始上学了。有一天放学，在学校门口，我碰见了他。他显然是在校门口等我半天了。他要我跟着他一起去一个地方，我虽然很敬佩他的学习，毕竟比他低三个年级，平常很少和他在一起，不知道他要我跟他去干什么。

我跟着他一直走到东便门外，那时候，蟠桃宫还在，大运河也还在，顺着河沿儿，我们一直走到二闸，这是我第一次去这个地方，人越来越少，已经是一片凄清的郊外了。他带着我走到了一个废弃的工地上，这时候，天擦黑了，暮霭四起，工地上黑乎乎的，显得有些瘆人。

他悄悄对我说："你就在这里帮我看着，如果有人来了，你就跑，一边跑，一边招呼我！"他这么一说，让我更有些害怕，不知道他要做什么。不一会儿，就看见他从工地上拉出好多钢丝，还有铜丝，见没人，拽上我就跑，一直跑到收废品的摊子前，把东西卖掉。他分出一部分钱给我，我没要，我知道，这也是没办法的事，他妈妈现在给人家看孩子，他是想用这种办法替母亲分担。

我们两人就这样连续作案，只要学校下午课少，我们就去那个工地，然后到收废品那儿换钱，交给玉石妈。玉石妈问玉石："你哪儿来的钱？"我赶紧替玉石解释："是玉石放学后捡的废品换来的钱！"玉石妈说玉石："钱是大人操心的事情，你现在就给我好好学习，对得起你爸爸就行了！"玉石听着，不说话。可是，只要放学没什么事情，他还是拉上我往工地跑。

终于有一天，我们让人给抓住了。虽然是废弃的工地，还有不少建筑材料，也有人看守。玉石拉上我就跑，那人个高腿长跑得飞快，很快就追上我们，一把揪着我们的衣领子，像拎小鸡似的把我们抓到他看守的一间板房里，打电话通知我们学校领人。

来的老师骑着自行车，高高的身影，大老远就看出来了，是玉石的班主任丁老师。那人余怒未消，对丁老师气势汹汹地叫嚷道："你们学校得好好教育这两个学生，明目张胆地偷东西，太不像话了！"丁老师弓着腰，点着头，听那人数落完，把我们领走。推着他那辆破自行车，沿着河沿儿，一路没有说话，只听见自行车嘎嘎乱响，我感到我们的脚步都有些沉重。走过东便门，走到崇文门，在东打磨厂口，丁老师停了下来，对我们说："快回家吧。"然后，他从衣兜里掏出了几块钱，塞在玉石的手里。玉石不要，他硬塞在玉石的兜里，转身骑上车走了。走进打磨厂，路灯亮了，我看见玉石悄悄地抹眼泪。

玉石和我再也没有去工地。学校破例给了他助学金，一直到他高中毕业。1963年，他考入地质学院后，和他妈妈一起从我们大院搬走了。我不知道他要搬走，他也没告诉我他要搬走的消息。只是有一个周末的晚上，他到我家门口叫我，我出来，他对我说，要我陪他去找一趟丁老师。我知道，对丁老师，他一直心存感激，学校给他的助学金，就是丁老师为他争取到的，帮助他渡过了高中三年的难关。他不善言辞，希望我能帮帮他。我当然很乐意帮忙。

可是，那一天，我们没找到丁老师的家。事先，玉石已经从我们学校打听到了丁老师家的地址，按照那地址，我们却怎么也没有找到。"可能是我抄错了地址。"玉石对我说。那天晚上,我们一起回家的路上,繁星点点,明朗的夜空显得格外深邃,可是,玉石的脸上却是灰蒙蒙的,一副失望的表情。我劝他:"以后到学校找丁老师。要不周一上学见到丁老师,我先对他说说你已经去找过他了,转达你对他的谢意。"玉石听我这么说,没有说话,明亮的眸子,有泪花闪烁。

没过几天,玉石和他妈从我们大院搬走了。从那以后,我就再没有见过他。"文化大革命"中,听我妈说,玉石来大院找过我一次,那时,他大学毕业,在"五七"干校等待分配。可惜,我正和同学外出大串联,没能见到他。后来,我才知道,他来找我,是找我陪他一起回学校看看丁老师。那时候,丁老师被剃成了阴阳头,正在挨批斗,几乎天天都要被我们学校那帮老红卫兵拉到操场的领操台上批斗。我无法想象,玉石和丁老师相见会是一种什么样的场面,又会涌出一种什么样的心情。

前不久,我接到一个从西宁打来的电话,让我猜他是谁。我猜不出来,他告诉我他是玉石。他说他后来分配去了青海地质队,一直住在青海。他说他看过我写的柴达木的报告文学,也知道我弟弟在青海油田工作过。他说他一直生活在青海,他妈妈一直跟着他,一直到去世。他说他退休后在学习作曲,而且出过专辑的唱盘。他笑着对我说:"你觉得奇怪吧?我是学地质的,怎么改行了呢?"我说:"我是有点儿奇怪,你是跟谁学的作曲?"他说:"我是自学的，但也不能这么说，你知道我读高中的时候，教我们数学的是阎述诗老师。"我问："你跟他学的？我知道阎述诗老师曾经为著名的《五月的鲜花》作过曲。"他笑着说："不是，但是我想阎老师可以教数学又可以作曲，我为什么不能学地质搞勘探又能作曲？"玉石是一个有能力的人，世界在他面前是圆融相通的。

最后，他告诉我，他学作曲，是想为丁老师作一支曲子。那个晚上，丁老师让他难忘，让他感受到世界上难得的理解和温暖。他说，这么多年，只要一想起丁老师，心里就像有音乐在涌动。

我告诉他，丁老师早好多年就已经去世了。他说："我知道了，所以，我想你把我的这番心思写篇文章好吗？我想借助你的文章让人们知道丁老师。过几天，我会把歌寄给你。"

我收到了玉石作的歌，名字叫《毕业歌》。说实在的，曲子一般，但其中一句歌词让我难忘：毕业了那么多年，你还站在我的面前；那个懵懂的少年，那个流泪的夜晚。

//
老电话号码

记忆中的那个夏天,是那样的明亮而炎热。那是1959年的夏天,我十一岁,读小学五年级。暑假前最后一节体育课打篮球——刚刚上完,班主任徐老师站在操场边,叫着我的名字,招呼我过去。我跑了过去,看见他身边站着一个高个子的男人,正笑眯眯地望着我。他不是我们学校的老师,我没有见过他。看样子,比我们徐老师还要年轻,不到三十岁。

徐老师向我介绍他说:"这是少体校的航模教练叶教练。叶教练到咱们学校选人,看中你了!"他对我说:"我看你一节体育课了,也听了徐老师对你的介绍,愿不愿意到少体校跟我学航模?"

说老实话,那时候我根本不知道航模是什么,我不怎么想学这个航模。但徐老师对我说:"学航模不仅要求身体好,学习成绩也好才行,航模是体育,也是科技。"然后,又补充一句:"叶教练在咱们学校就选中你一个。"这话说得我把到嘴边的话咽了下去。

放暑假的第二天上午,按照叶教练说的地址,我去龙潭湖边上的体育馆里找他报到,就要正式开始我少体校航模队的训练了。非常巧,少体校篮球队也在那里招生,这才是我喜欢的呀。鬼使神差地,我去那里报了名,教练让我投了两个篮,又让我跑了一个三步跨篮,居然收下了我,当天就参加了训练。第一次在木地板的篮球场上打球的感觉,比我们学校的水泥地不知强到哪儿去了,便早把叶教练忘到了脑袋后面。

可惜的是,一个暑假下来,我被篮球队淘汰,教练认为我的个子以后不会长高。我再也没有去过体育馆,近在咫尺的少年体育生涯,仓促又苍白地结束了。

记得那样的清晰,是1963年的寒假刚过。那一年,我读初三。一天清晨上学的路上,我路过花市大街,进了那里的锦芳小吃店,想买个炸糕吃早点。为什么记得那么清楚,难道一定是炸糕,就不会是油饼?因为排队站在我前面的那个人买的也是炸糕。当然,如果是别人,我也不会记得那么清楚,他买好炸糕,回过头来,竟然望着我笑了笑。我开始没有认出他来,以为那笑只是出于礼貌。等我买好炸糕,准备出门的时候,看见他在门外等着我,对我说:"不认识我了?我是叶教练呀!"我才想起来,是叶教练,忽然非常羞愧。快四年的时间过去了，我的个子长高了一头多，他居然还能一眼认出我来。而我四年前辜负了他的好意。那一刻，我真的怕他问起我那一年为什么没有找他参加航模队，更怕他说我可是看见你参加了篮球队的哟！

他没有对我提及往事，只是问我："现在在哪儿上中学？"我告诉他："我在汇文中学。"他说："是好学校，我就知道你差不了！"然后，问我："还想不想学航模了？"我垂下头，没敢回答。他接着说："还是跟我学航模吧！我觉得你一定是一个很不错的航模运动员！"说着，他从他的背包里掏出一支笔和一个本，在本上写了一个他的电话号码。他把那张纸从本子上撕下来，递给我说："这是我的电话，你如果想学了，可以随时给我打电话。"

我们就这样在小吃店门口分手了。我走得很匆忙，现在想想，有些像逃跑的意思。因为我从心里不怎么喜欢航模，我想我不会给他打这个电话了。我走了几步，回头一看，他还站在小吃店门口向我挥手。我心里想，他要是个篮球教练多好啊！

算一算，五十二年过去了。我再也没有见过叶教练。前些天，整理旧书和旧笔记本，从一个笔记本里竟然看到了这个老电话号码。纸已经发黄，那种只有那个年代才有的纯蓝墨水的笔迹也已经变淡。面对这个老电话号码，我心里五味杂陈，我知道，过去的一幕早已经如童话一般谢幕，那种充满着善意甚至纯真，和对一个十几岁孩子由衷期待的情感与心地，也早已经变淡甚至变色。

明明知道，这些年来电话号码早已经数位升级，变化得面目皆非，但我还是在电话机上按下了这个老号码。话筒里传来的只是忙音。如果是五十二年前，话筒里传来的一定是叶教练的声音。那一刻，我的眼睛里满是泪花。

一天明月照犹今

田增科老师今年①八十七岁，教我的时候，我十五岁，他刚刚大学毕业不久，仅仅比我大十多岁。如果不是他帮助我修改了我的一篇作文《一幅画像》，并亲自推荐参加了北京市少年儿童征文比赛，我便不会获奖，更不会有幸由此结识叶圣陶前辈。

那篇作文是我第一篇变成铅字的文章。如果没有这样的一篇文章，我会那样迷恋上文学吗？我日后的道路会不会发生变化？我有时这样想，便十分感谢田老师。我永远难忘他将我的那篇作文塞进

---

① 指 2021 年。——编者注

信封，投递进学校门前的绿色信筒里的情景；我也永远难忘当我的这篇文章被印进书中，他将那喷发着油墨清香的书递到我手中时比我还要激动的情景。那是春天一个细雨飘洒的黄昏。

我读高中以后，田老师不再教我。有一天放学之后，他邀请我到他家。那时，他刚刚结婚不久，学校分配给他一间新房，离学校不远。到了他家，他从书柜里翻出了一个大本子，递给了我，让我看。本子很旧，纸页发黄，我打开一看，里面贴的全是从报刊上剪下来的文章。再仔细看，每篇文章的署名都是田老师。原来田老师曾经在报刊上发表过那么多的文章。

田老师指着本子上的一篇文章，对我说："这是我发表的第一篇文章，和你一样，也是读中学的时候写的。"

我坐在他家，仔细看了田老师的这篇文章，写的是晚上放学回家，他在公交车上遇见的一件小事，写得委婉感人，朴素的叙述中，颠簸的车厢，迷离的灯光，窗外流萤般闪过的街景……荡漾着一丝丝诗意。心里暗暗地和我写的那篇《一幅画像》做了个比较，觉得比我写得要好，更像是一篇小说。有这样好的基础和开端，后来怎么再没有见到田老师发表的作品呢？

田老师好像明白了我的心思，对我说："可惜，后来上了大学，读的理论方面的书多，我没有把这样的文学创作坚持下来。"然后，他望望我，又说，"希望你坚持下来！"

我明白了田老师叫我到他家来的目的了。我知道他的心意，他对我的期望。

那天，田老师对我讲了很多话，不像对他的一个学生，像是对他的一个知心的朋友。印象最深的是，他特别对我讲起了他中学的往事，讲起了他读高中时候教他语文课的蒋老师。蒋老师曾经是清华大学英语系的学生，语文课讲得特别好，经常给他们讲一些课外的文章，还借给他一些课外书。高中毕业，那时田老师在河南洛阳，洛阳没有高考的考场，考场设在开封。全班五十二个学生，是蒋老师带着这五十二个学生，坐了二百公里的火车，赶到开封，参加高考。为了防止学生意外生病，他还特意背着个药箱，细心周到地带着止泻药、防暑药。

田老师说他很感谢蒋老师，没有蒋老师，他不会从洛阳考到北京上大学。

我心里感觉田老师就是像蒋老师一样的好老师；好老师，就是这样代代传承的。人的一辈子，在小学和中学阶段，能够遇到一个或几个好老师，真的是他的幸运、他的福分，因为可以影响他的一生。

我和田老师这段师生之间的友情，从1962年一直延续至今，已经五十九年之久。即便以后，我长大了，到北大荒插队，在那些个路远天长、心折魂断的日子里，田老师也常有信来，一直劝我无论在什么样艰苦的条件下千万不要放下笔放下书。在那文化凋零的季节，他千方百计从内部为我买了一套《水浒传》和一套《三国演义》,在我从北大荒回家探亲,假期结束要回北大荒的前夕,他骑着自行车,赶到我的家里把书送来。那时,我住在前门外一条老街上一座老院破旧的小屋里。那一晚,偏巧我去和同学话别没有在家,徒留下桌上的一杯已经放凉的茶和漫天的繁星闪烁。

我写下这样一首小诗,怀念寒冬的那个夜晚——

清茶半盏饮光阴,往事偏从旧梦寻。
楼后百花春日影,雨前寸草故人心。
老街几度野云合,小院也曾荒雪深。
记得那年送书夜,一天明月照犹今。

//
九十岁能做的事情

　　汇文中学是当年美国基督教会办的一所老校。1959年建北京火车站，占据了它大部分校园。1960年，我考入汇文中学，报到的时候还是到船板胡同残缺的原校址，入学时，已经进入崇文区火神庙的新校。火神庙早已不存，以前这里是一片乱坟岗子，汇文新校矗立在这里时，前面的新开辟不久的大街起名叫幸福大街；火神庙，更名为培新街。汇文中学，带来一个新时代清新明喻的街名。

　　我从初一到高三，在这所学校读书六年。高三时，我在5班，王瑷东老师是高三4班的语文老师兼班主任，并不教我。到北大荒插队第一次回北京探亲，我去学校找曾经教我语文的田老师借书，在语文教研室里没有见到田老师，见到了王老师，她向我打招呼：你是找田老师借书的吧？你要想看书，我家有，到我家来。说着，她把家的地址写给我。我到东单的新开路她家，她借给我《约翰·克利斯朵夫》《红楼梦》和《人间词话》。特别是《约翰·克利斯朵夫》，几乎成为我走上写作道路的启蒙书。我和王老师长达五十余年的交往，就这样开始了。

去年，王老师年整九十，依然健康如旧。她所教的高三4班同学为她祝寿。自1966年高中毕业，已经过去了五十四年，世事跌宕中，同学早已风流云散，能够聚齐，实属不易。王老师却觉得并未全部聚齐，她想起了赵同学。1965年底，赵同学突然在全班同学的众目睽睽下被警察带走，以"猥亵幼女罪"被发配长春劳改。这件往事，触目惊心，一直盘桓在王老师的心里。赵同学品学兼优，初中毕业，优良奖章获得者，保送汇文中学，怎么一下子沦为阶下囚呢？她想起"文革"期间，自己被扣上那么多莫须有的恶毒污秽罪名而被批斗，无力反驳，只能沉默不语。设身处地想，在那样一个特殊年代，一个只有十七岁的赵同学，怎么来证明自己的清白无罪？她坚信自己的这个判断。当年，自己作为赵同学的老师，无力阻止这样荒诞行为的发生，现在，应该找到赵同学，起码让他在当年高三4班的全班同学面前，证明是清白的，也弥补当年眼瞅着赵同学从自己的眼皮底下被警察带走的遗憾，她无法忘记那时赵同学望着自己无辜而悲伤的眼神。

王老师开始寻找赵同学。这成为九十岁这一年王老师要做的一件大事。她对我说，当年自己对全班同学解释赵同学被劳改的事情时含糊其词地说："这是青春期好奇心理所犯的错误吧？大家要引以为戒。"几十年了，这件事一直埋藏在心里，她要给全班同学一个交代，也给自己一个交代。"我已经九十岁了，我不能再违心了，想做的事就去做，不给自己留遗憾。"

寻找五十五年前被注销北京户口的一个人，如同大海捞针。其中的艰难，可想而知，不必细说。架不住王老师桃李满天下，可以帮她如海葵的触角伸展大海深处，一身化作身千百；更架不住王老师心如铁锚，坚固地沉在海底，等待远航归来。终于，在这一年的年末，王老师找到了赵同学故去父亲户籍上有一女的登记信息，没有名字，只有一个电话号码。王老师迫不及待打过去电话，问及接电话的女的知道不知道赵同学这个名字？她说那是我大伯！但是，她没有他大伯的电话，说她大伯在河北迁安，他的儿子在北京工作，她问问后再给王老师回电话。五分钟过后，电话打过来了，没有想到，竟是赵同学打过来的。

王老师告诉我：赵同学那个热情劲儿，甭提了，就像跑丢的孩子，被找回了家。

一个只教过自己两年半的老师，居然还记得五十五年前一个学生，而且，笃定相信他是被冤枉的。这样的老师，是少见的。不要说赵同学感动，我也非常感动，因为不是每一个老师都能做到的。

赵同学确实是被冤枉的。他到了吉林的劳改农场，场长都觉得他是被冤枉的，只让他劳改两年，就提前释放，在吉林农村当农民。他有良好的学习底子，在农村，不忘苦读外语，艺不压身，先当村里的代课老师，再当农办老师，最后调到河北迁安当中学外语老师，也算是苦尽甘来。

王老师对我说："2020年，对于我，是个丰年。"对于九十岁的王老师，做成了五十五年以来一直都想做的事情，这确实是件大事。九十岁，还可以做很多事。我还远不到九十岁，不知能做什么事情。

无为而治的张老师

张学铭老师，是我读高一时的班主任，兼教化学课。他的身体不好，从北京大学化学系肄业。以张老师的学识，教我们还在背元素周期律的高一学生的化学，是小菜一碟。除了上课，他不爱讲话，也不爱笑，脸总是绷得紧紧的。作为班主任，他管得不多，基本放手让班干部干，无为而治。除了上课，很少见到他的身影。

在高一这一学年里，我和张老师接触只有两次。

一次，是上化学实验课。张老师先在教室里讲完实验具体操作的步骤和要求，就让我们到实验室做实验，他没有跟着我们一起去，实验室里，有负责实验的老师。这是张老师的风格，什么都让我自己动手。他说，饭得靠自己吃，路得靠自己走。

那一次实验，我忘记是做什么了，每一个同学一个实验桌，上面摆着各种化学的粉末和液体，还有各种试管和瓶瓶罐罐。最醒目的，是一个大大的烧瓶，圆圆的，鼓着大肚子。实验过程中，"砰"的一声巨响，我面前的这个烧瓶，突然炸裂了。全班同学都被惊住了，目光像聚光灯都落在我的身上。

实验老师走了过来，望着有些惊慌失措的我，先问我没伤着吧？然后，对我说："你去找张老师，跟他讲一下。"

我到化学教研室找到张老师，告诉他这件事，垂着头，等着挨批评。但是，他什么话也没说，转身走到化学用品柜前，拿出一个新烧瓶，交到我的手里，让我回去重新做实验。没有一句批评，就这么完了吗？我小心翼翼地捧着烧瓶，生怕掉到地上，站在那里。他只是挥挥手，让我赶紧回去做实验。

我嗫嚅道："张老师，我把烧瓶……"

他打断我的话："做实验，这是常会发生的。哪有什么实验都那么顺顺利利就成功的？"

第二次，是一次班会。那时，我是班上的宣传委员，我提议，组织一次班会，专门讨论一下理想，我想了一个讨论题目：是当一名普通的工人，对社会的贡献大，还是做一名科学家贡献大？那一阵子，我们班正组织活动：跟随崇文区环卫队一起到各个大杂院里的厕所淘粪。带领我们的淘粪工，是赫赫有名的时传祥师傅，他是全国劳动模范，因受到过国家主席刘少奇的接见而无人不晓。

张老师听完我的提议说："很好,你就组织这个班会吧。到时候,我也参加。"

班会在周末下午放学之后进行,开得相当热闹。大家刚刚跟随时传祥淘过粪,很佩服时传祥,但是,高中毕业考大学,难道上完大学,不是为了做一名科学家,而是还去当淘粪工吗?显然,当一名科学家对社会的贡献更大些。支持者,说得头头是道。反对者不甘示弱,一室不扫,何以扫天下?没有淘粪工,生活就变得臭烘烘的了。只有社会分工不同,行行出状元,他们对社会的贡献,和科学家一样的大。

大家争论得非常激烈,一直到天黑,还在争论,尽管没有争论出子丑寅卯来,却是兴味未减。整座教学楼,只有我们教室里的灯亮着。说实在的话,这个争论话题,有些像只带刺的刺猬。在当时的时代背景下,工人是国家的领导阶级,而不是知识分子。讨论这样的话题是犯忌的,但这个话题是所有同学心理和成长过程中绕不过去的一道坎儿。

张老师坐在那里,一言不发,静静地听我们热火朝天地争论。最后,我请张老师做总结发言,他站起来,只是简短地说了几句:"今天同学们的讨论非常好,你们还年轻,还没有真正地走向社会,但你们应该有属于自己的理想,为实现这个理想,实实在在地学习努力!"他声调不高,语速很慢,我们都还在听他接着讲呢,却戛然而止。

走在夜色笼罩的校园里，望着远去的张老师瘦削的背影，我真想问问他：张老师，您自己没当成一名科学家，而是到我们学校当了一名化学老师，您说您要是当了科学家对社会贡献大呢？还是当中学老师贡献大呢？我不知道他会怎样回答。

不管怎么说，高一那一年，张老师以他开明民主的教育方式，给我们全班同学关于理想，关于价值观，一次畅所欲言的机会。尽管一切都还没有答案，一切的答案，不都是在我们这样年轻时候的摸索中，争论中，才能逐渐寻找到的吗？

花阴凉儿

在我们汇文中学里,有好几位漂亮的女老师。高挥老师是其中一位。那时她三十岁上下,会拉一手小提琴,还在学校的舞台上演出过话剧。好长一段时间里,我偷偷地喜欢多才多艺的她,觉得她长得特别像我的姐姐,连说话的声音都像。只是她没有教过我。

她原来是志愿军文工团的团员,从朝鲜战场上回来,她没有同意嫁给首长,复了员,颠沛流离之后考学。大学毕业不久,到了我们学校,开始教地理,后来负责图书馆的工作。

1963年的秋天,我读高一,因为初三时候写的一篇作文在北京市获奖,校长对她说可以破例准许我进入图书馆自己选书。那一天的午饭时间,我刚要进食堂,看见高老师站在食堂旁的树下向我招手，我走过去，她对我说起了这件事，说你什么时候去图书馆都行。我的心里涌出一种说不出的感动，但实在口拙，一时又说不出什么。她摆摆手对我说："快吃饭去吧。"我走后忍不住回头，才发现高老师站在一片花阴凉儿里，阳光从树叶间筛下，跳跃在高老师的身上，像闪动着好多颜色的花一样，是那么漂亮。

图书馆在学校五楼，由于学校有百年历史，藏书很多，有不少解放以前的书籍，由于没有整理，都尘埋网封在最里面的一间大屋子里。大概看出我频频瞟向那间上锁黑屋的心思，高老师帮我打开屋门的锁，让我进去随便挑。那是我有生以来第一次见到那么多的书，山一般堆至屋顶，散发着霉味和潮气，让人觉得远离尘世，与世隔绝，像是进入了深山宝窟。我沉浸在那书山里，常常忘记了时间，直到高老师在我的身后微笑着打开电灯，我才知道到该下班的时候了。

久别重逢，逝去的日子，一下子迅速地回流到眼前。我对高老师说："您对我有恩，没有您，我看不到那么多的书，也许我不会走上写作的道路。"高老师摆摆手说不能这么讲，然后对在座的其他几位老师说："我去过肖复兴家一次，看见地上垫两块砖，上面搭一块木板，他的书都放在那里，心里非常感动，回家就对我女儿说。后来，肖复兴到我家里看见有一个书架，其实是最简单不过的一个矮矮的书架，他对我说：'以后有钱我一定买一个您这样的书架。'这给我印象很深。"

我忽然想起了这样一件事，为了我破例可以进图书馆挑书，高老师曾经和一个同学吵过一架，那个同学也非要进图书馆自己挑书，她不让，同学气哼哼指着我说为什么他就可以进去。为此，"文化大革命"时她被贴了大字报，说是培养修正主义的苗子。我私下猜想，为什么高老师默默忍受了，大概她去我家的那一次，是一个感性而重要的原因。秉承着孔老夫子有教无类的理念，她一直同情我，帮助我。如今，这样的老师太少了；如今，不少老师是向学生索取，偏偏要通过学生寻找那些有钱有权的家长，明目张胆地增添自己的收入或关系网的份额。

我对高老师说："我从北大荒插队回来，第一个月领取了工资，先在前门大街的家具店买了一个您家那样的书架，22元钱，那时我的工资才42元半。"高老师对其他老师夸奖我说："爱书的孩子，到什么时候都爱书。"

我又对高老师说："'文化大革命'中虽然挨了批判，但图书馆的钥匙还在您的手里，有一次在校园的甬道上，您扬扬手里的钥匙，问我想看什么书，可以偷偷进图书馆帮我找。好长一段时间，我都是把想看的书目写在纸上交给您，您帮我把书找到，包在一张报纸里，放在学校传达室的王大爷那里，我取后看完再包上报纸放回传达室。这样像地下工作者传递情报一样借书的日子，一直持续到我去北大荒。那是我看书看得最多的日子。《罗亭》《偷东西的喜鹊》《三家评注李长吉歌诗》……好几本书，都没有还您，让我带到北大荒去了。"高老师说:"没还就对了,还了也都烧了。"在场的几位老师都沉默下来,那时,我们学校的书,成车成车拉到东单体育场焚毁,那里的大火曾经燃烧着我学生时代最残酷的记忆。

  一个人的一生,萍水相逢中能够碰到这样的人,即使不多,也足够点石成金。分手时,我送高老师上了汽车,一直看着汽车跑远,才忽然想到,忘记告诉高老师了,那个从北大荒回来买的和您家一样的书架,一直没舍得丢掉,还跟着我。很多的记忆,都还紧紧地跟着我,就像影子一样,像校园里树叶洒下的花阴凉儿一样。

  我庆幸中学读书时遇见了高老师。虽然多年未见,但心里一直把她当作自己的一位大姐。她比我姐姐大一岁,今年[①]八十七岁了。真的,我非常想念她,想起她,总有一种想流泪的感觉。

[①] 指 2021 年。——编者注

可爱的中国

初一时,我们的班主任是司锡龄老师,他高中毕业留校不久,也就二十岁出头的样子。面色黧黑,身材瘦削,富于朝气和激情。第一堂课,他没有讲别的,先向我们介绍了方志敏烈士的事迹和他写的《可爱的中国》。然后,大段大段背诵了《可爱的中国》其中的段落,气势磅礴,如同高山上的滚滚落石,把我们砸晕。

整整六十年过去了,我的眼前总还浮现他背诵时的样子。他的背诵充满激情,他的眼睛在高度近视的镜片后闪闪发光,教室里一下子安静异常,只有窗外高大的白杨树叶摇得哗哗的响声,如同一片涨潮时翻滚的海浪,在为司老师、为方志敏烈士伴奏。

"到那时,中国的面貌将会被我们改造一新。……到那时,到处都是活跃跃的创造,到处都是日新月异的进步,欢歌将代替了悲叹,笑脸将代替了哭脸,富裕将代替了贫穷,康健将代替了疾苦,智慧将代替了愚昧,友爱将代替了仇杀,生之快乐将代替了死之悲哀,明媚的花园将代替了凄凉的荒地!……这么光荣的一天,决不在辽远的将来,而在很近的将来,我们可以这样相信的,朋友!"

司老师背诵的《可爱的中国》中这几段话,我记忆犹新。那情景恍如昨日。一位英雄,一个老师,一篇文章,一次激情洋溢的朗诵,对一个少年的影响,竟然是一辈子的。那一年,我十三岁。

在此之前,我没有读过方志敏烈士的《可爱的中国》。司老师朗诵得好,方志敏烈士写得好,那一连串的排比,水银泻地一般,把对祖国的热爱和未来的向往,抒发得那样激情澎湃,像国庆节天空中绽放的璀璨礼花,燃烧得我们每一个同学的心里火热而明亮。

我渴望读到《可爱的中国》的全文。没过多久,我在旧书店里买到了《可爱的中国》,这是一本薄薄的小册子,1952年人民文学出版社出版。这本方志敏烈士牺牲之前写下的著作,由鲁迅先生保存,一直到中华人民共和国成立之后才得以出版,更凸显其不凡的价值。世上有很多书,连篇累牍,厚厚的如同砖头,精装如似豪宅。但是,书从来不以薄厚精粗论英雄,正如人的生命价值不以长短为标准,方志敏烈士只活了三十六岁,却顶天立地;他的一本薄薄的《可爱的中国》,却是中国革命史和中国文学史绕不过去的一座丰碑。

回到家，我一口气读完《可爱的中国》。这本书还收录了方志敏烈士的另一篇散文《清贫》。我从未有过这样读书的激动，在那样贫穷落后、黑暗残酷，时刻面临生命威胁的年代，方志敏烈士对于祖国充满那样深厚而不可动摇的感情，充满那样坚定而不可动摇的信心，寄托着那样多美好的向往和心愿，不是每个人都可以做到的，也不是仅仅靠生花妙笔可以写出的。

在《可爱的中国》中，还有这样一段话，我也非常喜爱："朋友！中国是生育我们的母亲。你们觉得这位母亲可爱吗？我想你们是和我一样的见解，都觉得这位母亲是蛮可爱蛮可爱的。"然后，他以丰富的想象和真挚的情感，将中国温暖的气候比之母亲的体温，将中国辽阔的土地比之母亲的体魄，将中国的生产力、地下宝藏、未曾利用的天然气比之母亲的乳汁，将中国绵延的海岸线比之母亲的曲线，将中国自然美景比之母亲这样天资玉质的美人……

我不知道将祖国比喻成母亲的，方志敏烈士是不是第一人，但我是第一次看到，感到那样贴切、生动、含温带热、充满情感。他那一连串热情奔放的排比，绝对不是靠修辞方法可以书写出来的，是对于祖国母亲深厚情感的情不自禁又无可抑制的流露，是心的回声，是血液的奔涌。

如果说少年时代，哪一位英雄最难以让我忘怀，是方志敏烈士！从那以后，方志敏烈士留给我抹不掉的记忆。想起他来，眼前总会浮现那张牺牲前他披着棉大衣，拖着沉重脚镣的照片所呈现的威武不屈的形象。后来我看到一幅以此形象创作的版画,黑白线条爽劲醒目,印象至今难忘。为此,我心里一直非常感谢司老师为我们朗诵了《可爱的中国》,在我刚上中学的时候,为我推荐了这本一辈子难忘的好书。

司老师只教了我初一一年,中学毕业之后,我再也没有见过司老师。一直到1986年的夏天,我在中宣部的一间会客厅里,才再次见到司老师,也才知道他已经是中宣部的一个司长,负责中学教育。当时,我的长篇小说《早恋》引起争议,特别是受到一些来自中学校长和老师的反对,书已经在印刷厂印刷了,不得不停印。这部书的责编——北京十月文艺出版社的吴光华先生,觉得不服气,带着我,拿着书,找到中宣部评理。没有想到出面接待我们的是司老师。司老师把书留下了,说看完后再提具体的意见。

阔别多年的重逢,司老师笑着对我说:"一直关注你的写作。希望你多写点儿,写好点儿!"我对身边的吴光华提起了当年司老师为我们全班同学大段大段背诵《可爱的中国》的情景,司老师听了笑了起来。逝者如斯,日子在时代的动荡和变迁中飞逝,我和司老师的人生都发生了重大的变化。我在心里揣测,不知这本《早恋》,司老师看过之后,会有什么看法。他的位置,会让他的意见举足轻重,甚至决定着这本书的命运。他很快就看完了,传达了他的意见,觉得写得挺好的,没有问题。书顺利地出版了。

从那以后,一直到前些年,我才又一次见到司老师。他和我都已经退休，只是他还操心着中学教育的事情。他打电话问我能不能到四川绵阳给中学师生做一个文学讲座，我当然是义不容辞。过不久，在母校汇文中学新建的一所初中分校里，学校要我和语文老师座谈语文教学，司老师也参加了。他正在帮助这所学校进行教学改革。会后，学校派车送我和司老师回家，在路上，我知道了他的儿子到美国读完博士，在普渡大学当老师。我知道，司老师结婚晚，但听到他的孩子都已经结婚生子而且当了大学的老师，还是觉得日子过得飞快。在我的印象里，总还是定格在初一那一年他大段大段背诵《可爱的中国》的情景里。

十五年前的一个冬末，我去美国，那是我第一次到美国，在芝加哥，借住在一位留学美国攻读历史的博士的公寓里。那时，他回国探亲，正好房子空着，好心让我来住。在美国读博，尤其是文科的博士，不那么容易，他来美国已经十多年，快四十岁了。这么大的年纪，还坚持读博，终于完成了博士论文，得到了导师的认可，正艰难地等待着出版社最后的审定出版，其中艰辛的心路历程，真是不容易。

在他的书架上，摆满了各种英文和中文的书，闲来无事，我翻他的书，忽然发现有一本方志敏烈士的《可爱的中国》，居然和我当年买的是同样的版本，连封面都一样。尽管封面已经破旧、褪色，却突然间在心中涌起一种他乡遇故知的感觉。重读这本书，那些曾经熟悉的几乎可以背诵下来的段落，迅速将我带回初一时的青葱岁月，想起司老师的激情背诵，想起自己买到这本小册子回家一口气读完情不自禁地抄录……

这位老博士从家回到美国的时候，我和他聊起了这本《可爱的中国》。我告诉他我少年时的经历、司老师的朗读、我买的旧书等。他告诉我尽管他在出国读博前，筛选出好多书没有带，但还是从国内海运了满满两大箱子书，其中没有忘记带上这本《可爱的中国》。他很喜欢这本书，这本书会让他想起祖国。

他问我："这本书里还有一篇《清贫》，你看了吧？"

我点点头，说看了。

他接着说："方志敏说：'清贫，洁白朴素的生活，正是我们革命者能够战胜许多困难的地方。'方志敏被捕的时候，仅仅从他的身上搜出一块手表、一支钢笔和两块铜板。想想如今那些贪污受贿动不动就是上亿的人，你会不会很感慨？如果像方志敏这样的革命者多一些，可爱的中国，不是会更可爱？"

在异国他乡，他的这一番话，让我难忘。那是他的、是我的，也是司老师的，对于祖国的一份感情和一份期望。那一夜，因谈起方志敏烈士的《可爱的中国》，我想起了司老师。

五六年前的夏天，我到美国探亲。那时，我的孩子在印第安纳大学教书。我知道，普渡大学也在印第安纳州，离孩子的大学不算太远，便对孩子说想去普渡大学看看。孩子开车带我去了普渡大学，校园很漂亮，像是一座花园，四周被绿树鲜花环绕。我们绕着校园转了一圈,停在学校的图书馆前,我对孩子说起司老师,说起我读初一那一年司老师大段大段背诵《可爱的中国》的情景,也说起司老师的儿子在这里教书。孩子一听,立刻说那咱们去找找他呀。可惜,那时,司老师的儿子已经到西雅图去了。

//
五月的鲜花

阎述诗老师，冬天永远不戴帽子，曾是我们汇文中学的一个颇为引人瞩目的景观。他的头发永远梳理得一丝不乱，似乎冬天的大风也难在他的头发上留下痕迹。

阎老师是北京市的特级数学教师，这在我们学校数学教研组里，也是唯一的。学校里所有的老师，包括我们的校长对他都格外尊重。他只教高三毕业班，非常巧，我上初一的时候，他忽然要求带一个初一班的数学课。可惜，这样的好事没有轮到我们班。不过，他常在阶梯教室给我们初一的学生讲数学课外辅导，谁都可以去听。他这样做，是为了我们学生，同时也是为了年轻的老师。他要把数学从初一开始抓起的重要性，用自己的实际行动告诉给大家。

我那时并不怎么喜欢数学,但还是到阶梯教室听了一次他的课,是慕名而去的。那一天,阶梯教室坐满了学生和老师,连过道都挤得水泄不通。上课铃声响的时候,他正好出现在教室门口。他讲课的声音十分动听,像音乐在流淌;板书极其整洁,一块黑板让他写得井然有序,像布局得当的一幅书法、一盘围棋。他从不擦一个字或符号,写上去了,就像钉上的钉、落下的棋。给我印象最深的是他随手在黑板上画的圆,不用圆规,一笔下来,居然那么圆,让我们这些学生叹为观止,差点儿没叫出声来。

四十五分钟一节课,当他讲完最后一句话的时候,下课的铃声正好清脆地响起,真是料"时"如神。下课以后,同学们围在黑板前啧啧赞叹。阎老师的板书安排得错落有致,从未擦过一笔、从未涂过一下的黑板,满满登登,又干干净净,简直像是精心编织的一幅图案,同学们都舍不得擦掉。

是的,那简直是精美的艺术品。我还未见过一个老师能够做到这样。阎老师并不是有意这样做,却是已经形成了习惯。长大以后,我回母校见过阎老师的备课笔记本,虽然他的数学课教了那么多年,早已驾轻就熟,但每一个笔记本、每一课的内容,他写得依然那样一丝不苟,像他的板书一样,不涂改一笔一画,哪怕是一个圆、一个三角形,都用圆规和三角板画得规规矩矩,而且每一页都布置得整齐有序,整个笔记本像一本印刷精良的书。阎老师是把数学课当成艺术对待的,他把数学课化为了艺术。只是刚上学的时候,我不知道阎老师其实就是一位艺术家。

　　阎老师逝世之后,学校办了一期纪念阎老师的板报,在板报上我见到诗人光未然先生写来的悼念信,信中提起那首著名的抗战歌曲《五月的鲜花》,方才知道是阎老师作的曲,原来阎老师学艺如此广泛而精深。想起阎老师的数学课,便不再奇怪,他既是一位数学家,又是一位音乐家,他将音乐形象的音符和旋律,与数学的符号和公式,那样神奇地结合起来。他拥有一片大海,给予我们的东西如此滋润淋漓。

　　那一年,是1963年,我上初三,阎述诗老师才五十八岁,太早地离开了我们。他是患肝病离开我们的。肝病不是肝癌,并不是不可以治的。如果他不坚持在课堂上,早一些去医院看病,他不至于这么早走的。他就像《五月的鲜花》里的战士,不愿离开自己战斗的岗位一样,不愿离开课堂。从那一年之后,我再唱起这首歌:"五月的鲜花,开遍了原野,鲜花掩盖着志士的鲜血……"便想起阎老师。

　　就是从那时起,我对阎述诗老师有了进一步的了解。以他的才华学识,他本可以不当一名寒酸的中学老师。艺术之路和仕途之径,都曾为他敞开。1942年,日寇铁蹄践踏北平,日本教官接管了学校后曾让他出来做官,他却愤而离校出走,开一家小照相馆艰难度日谋生。解放初期,他的照相馆已经小有规模,凭他的艺术才华，他的照相水平远近颇有名气，收入自是不错。但是，这时母校请他回来教书，他二话没说，毅然放弃商海赚钱生涯，重返校园再执教鞭。一官一商，他都是那样爽快地挥手告别，唯有放弃不下的是教师生涯。这并不是所有知识分子都能做得到的，人生在世，诱惑良多，无处不在，——考验着人的灵魂和良知。

我对阎述诗老师的人品和学品愈发敬重。据说，当初学校请他回校教书，校长月薪90元，却经市政府特批予他月薪120元，实在是得有其所，充分体现对知识的尊重。现在想想，即使今天也不是那么容易做到的。

世上有许多东西是无法用金钱衡量的。阎述诗老师一生与世无争，淡泊名利；白日教数学，晚间听音乐，手指在黑板与钢琴上均是黑白之间，相互弹奏；两相契合，阴阳互补，物我两忘，陶然自乐。这在物欲横泛之时，媚世苟合、曲宦巧学、操守难持、趋避易变盛行，阎述诗老师守住艺术家和教育家一颗清静透彻之心，对我们今日实在是一面醒目明澈的镜子。

诗人早就说过，有的人活着，他却死了；有的人死了，他却活着。想想抗战胜利都七十多年了，《五月的鲜花》唱了有七十多年，却依然在整个中国的土地上回荡。岁月最为无情而公正，七十多年的时间呀，会有多少歌、多少人，被人们无情地遗忘！但是，阎述诗老师和他的《五月的鲜花》仍被人们记起。

在母校纪念阎述诗老师的会上，我见到了他的女儿，她是著名演员王铁成的夫人。她告诉我她的女儿至今还保留着几十年前外公临终前吐出的最后一口鲜血——洁白的棉花上托着一块玛瑙红的血迹。

从血管里流出的是血,与从自来水管里流出的水,终究是不同的人生、不同的历史。那块血迹永远不会褪色。

那是五月的鲜花,开遍在我们的心上。

星期天记事

初三毕业，我升入本校汇文中学高中。班上一大半是不认识的新同学。我都是上学来，放学走，不怎么在学校里逗留。曾经熟悉的校园，显得有些生疏。

那时候，我给自己定了一个时间表，几点起床，几点睡觉，什么时候干什么，一天的时间定得很仔细，精确到几点几分。我把这个时间表折叠几层，放在我的铅笔盒里。我要求自己的学习生活严格按照时间表进行，希望进入高中有个新的开始，遵照的是鲁迅说过的那样，把别人喝咖啡的工夫，用在自己的学习上。那时候，我心里有个目标，就是高中毕业考北京大学中文系。

星期天，我的时间表上安排：上午是去图书馆看书，或者到新华书店买书。新学期开始，我的心气很高，干劲十足，像一个上足了发条的闹钟，到点就听见它嗡嗡地响起，清澈回荡在我的心里。

每个星期天的晚上，在我的那本美术日记上，写一篇"星期天记事"，也是时间表上一个规定的内容，是写完作业，预习完功课之后的必选项目。父母和弟弟都睡着了，夜深人静，月光照进窗里，写完这篇"星期天记事"，合上日记本，伸伸懒腰，觉得星期天才算结束，一天没有白过，一星期没虚度，心里很充实，很满足。学生时代，无疑是最美好的，让人对未来充满无限的憧憬和期待，仿佛明天的到来，一定会有什么新鲜的事情，如晨风一起随之扑面而来，即便这样的事情是朦朦胧胧的，是似是而非的，是虚无缥缈的，也会让我的内心隐隐地波动，总觉得前方会升腾起什么样的雾岚，那样神秘，迷人，而值得向前奔去。

"星期天记事"，第一篇写的是庞老师，是和庞老师在鲜鱼口的邂逅。

庞老师人长得很帅，个子高高的，脸庞的棱角鲜明。他的年龄四十岁上下，在教过我的男老师中，属于英俊的那种。他只在初二教过我一年的代数课，初三的时候，他就调到别的学校去了。虽然教我的时间很短，但是，他留给我的印象很深。原因有两点——

一是有一次数学课上，我偷偷看一本《十万个为什么》。我是把书放在抽屉里，书只露出一个头，心想反正没有把书放在课桌上，老师即便走过来，我可以立刻把书推进课桌的抽屉里，老师一时也难以发现。谁想到，看得正上瘾呢，身后传来了庞老师的声音："看什么书呢？"不知什么时候，庞老师站在我的身后，他弯腰从我的手里拿过了书，看了看封面，说道："呃，是《十万个为什么》。是本好书，不过，你现在应该问一问自己第十万零一个为什么，为什么上课要看课外书？"庞老师说完，把书还给我，全班同学都忍不住笑了起来。弄得我腆不答答的，一脸通红。

二是庞老师上课的时候，他的数学课本和备课本下面总放着一本文学书，我偷偷地瞄过几眼，有时是一本《莎士比亚剧作选》，有时是一本《普希金诗选》，有时是一本泰戈尔的《飞鸟集》。有时候，课讲完了，布置课堂作业让我们做，或者发下卷子小测验，他便搬把椅子，在讲台桌旁坐下来，翻开这些书读，一直读到下课。这让我非常奇怪，一个教数学的老师，居然这么爱看文学书，在我们全校的老师中绝无仅有。他不让我上课时看课外书，他自己却在上代数课时看文学书，难道不也是课外书吗？

更让我好奇的是，几乎每天上午，庞老师来校都非常早，我只要早早地到校上早自习，总能看到庞老师坐在生物实验室的门前，那里有一条长长的过道，和教室前的走廊有一段距离，很安静。我总会看见他在读什么，或者对着窗户背诵什么，一直到第一节课的预备铃响起。我非常好奇，特别想知道他在背诵什么，这么入迷？这么起劲？有一天早晨，我悄悄地走过去，听清了，他在轻声背诵普希金的诗《致大海》。我刚刚读过这首诗，所以里面的诗句记得很清楚。

原来庞老师也爱普希金。我心里挺佩服他的,想悄悄地离开,生怕打搅了他,可是,已经被他发现,他回过头冲我笑笑,挥着手招呼我过去。他拍拍手里的《普希金诗选》,问我看过这本书吗?我点点头。他说:"好!我知道你爱看课外书,这是好事,你看我也看课外书,多看点儿课外书,对你有帮助!"他说话很亲切,我很想听听他能对我讲讲读课外书的体会。这时候,第一节课的预备铃响了,我赶紧和他告别,跑去上课了。

庞老师和别的老师不大一样,他真的是一个非常有意思的老师,在当时,他属于教师里的另类。可惜,他教我的时间太短了。他被调走,不知道是什么原因。我曾经暗想,会不会和他的另类行为有关?不过,我很喜欢庞老师,常常会想起他。他被调走之后,一直没有再见过他,不知道他调到了哪所学校。

刚上高一的一个星期天,我去劳动人民文化宫图书馆看书。不知为什么,那天心里有些莫名的烦躁,只看了不到半个小时的书,椅子上像长了蒺藜狗子,屁股上像长了草,坐不住了,书上的字变得模糊起来,怎么也集中不了我的目光。我不想再看书了,还了书,走出文化宫的大门。

穿过天安门广场,走到大栅栏里的同乐电影院,看了一场电影。学生票只要五分钱,记得很清楚,那天看的是根据托尔斯泰的小说《复活》改编的电影,说实在的,根本没有看懂,莫名其妙却觉得挺有意思的，比枯坐在阅览室来看书轻松了许多。

从电影院走出来，走出大栅栏，走进对面的鲜鱼口，想穿过兴隆街回家，迎面碰见了一个人，觉得非常面熟。四目相对，他一下叫出我的名字："是你，肖复兴！"我也认出了，是庞老师！一年多没见了，突然街头相遇，让我有些激动。

他问我在高一几班，班主任是谁，又问我这一年多学习成绩怎么样？还问我课外书都看了些什么？然后，他笑眯眯地对我说："你给我的印象很深呀！"这句话说的，生怕他会接着说起上课看《十万个为什么》的事情，赶紧低下头，看见他的书包里塞满了书，鼓鼓囊囊，都要挤出来，忙打岔问道："这么多书呀，您这是要去图书馆还书吗？"

他点点头，说："是到文化宫图书馆还书。"我心里一动，庞老师也常去文化宫图书馆，我怎么一次也没有碰见过他呢？

庞老师顺手从书包里拿出一本书，是《古文观止》，问我："这本书你看过吗？"我羞愧地摇摇头。他又拿出两本书，一本是袁鹰的《风帆》，一本是柯蓝的《早霞短笛》，问我："这两本你看过吗？"恰巧这两本我看过，赶忙点点头，找补回一点儿颜面。

看着庞老师这满满的一书包书，我的心里忽然有些惭愧，刚才在文化宫图书馆的阅览室里，只待了半个小时，就坐不住了，就跑出来看电影了，而庞老师却看了这么多的书。

庞老师问我："你这是到哪里去了？"

我不敢回答是看电影了,慌不择词,反问起他来了:"庞老师,有一个问题一直想问您,您教数学,为什么那么爱看文学书?记得您给我们上课的时候,数学课本下面总放着一本文学书。"

庞老师笑了:"现在我这个习惯也没变呀。"然后,他问我,这有什么不好吗?我没有回答,只是笑。他对我说,对了,你现在正是读书的好时候,要利用时间多读些书,中国的,外国的,现代的,古典的……

然后,他对我笑笑,又说道:"你在市里获奖的那篇作文印在书里面了,我前几天看到了,就知道你一定写得不错,你要多读多写,我可是一直相信你呢!"

他说的那篇作文是《一幅画像》,收在北京出版社的《我和姐姐争冠军》书中。书刚刚出版,没有想到庞老师就看到了,说明他真的一直在关心我,虽然他早就不教我了。我心里一阵感动,禁不住抬头望望他,说不出一句话。分手的时候,他对我说:"有时间找我玩,我就住在学校里,离这里不远。"又告诉我他的新学校。

过去了将近六十年,我常常会想起庞老师。高一刚开学那个秋天的上午,庞老师的身影,总还在眼前浮现;他对我说过的要利用时间多读书的话,还是那么清晰地在耳畔回响。

有些人,有些事,尽管结识和交往的时间都不长,甚至只是匆匆一闪,却让我真的很难忘记,不仅刻进我的记忆里,更是刻进了我生命的年轮里。

那个星期天的晚上，我把在鲜鱼口邂逅庞老师的事情，记录在我的美术日记里。幸亏有这本日记，上面清晰地写着那个星期天的日期：1963年9月22日。

可惜，这样的"星期天记事"，我只坚持了一个学期，第二学期，学习紧张了，同学之间也渐渐熟悉了，要干的事情多了起来，"星期天记事"顾不上了。一个孩子，总是这样顾头不顾腚，像狗熊掰棒子，掰下新的一个，丢下旧的一个。所幸的是，没有把掰下的棒子全部丢掉，毕竟还留下一个——留下了几篇"星期天记事"。其中有这样两篇，一篇写在新华书店看见的一位小姑娘，一篇写在图书馆遇到了一位大学生，至今读来依然感动——不是为自己的文章感动，而是感动那位小姑娘、那位大学生，感动那时候所弥漫在心的氛围。一切，都随着时光流逝而难再。

有一件小事，也还清晰地记得。六十年前的秋天那个星期天的晚上，写和庞老师邂逅的"星期天记事"的时候，翻开书包找钢笔，没有找到，才忽然想起，钢笔忘在文化宫图书馆的桌子上了，在心里一个劲儿骂自己：怎么这么毛躁！那是支上海出的英雄牌钢笔，深紫色的笔管，很好看，也很好使，是姐夫特意送我考上高中的礼物。没有办法，只好第二天下午放学后匆匆往文化宫赶。走进图书馆，一眼看见我的钢笔还安安静静地躺在桌子上，竟然连位置都没有变，好像来这里看书的人对它视而不见，只有我从桌上拿起钢笔的时候，柜台后面的那个男服务员，冲我温和地笑了笑。

花儿为什么这么红

高万春校长戴一副宽边眼镜,总爱穿一身中山装,风纪扣紧系着,不苟言笑,很威严的样子。在我们同学中间,关于他的传说,流传最广的是他曾经在西南联大听过闻一多的课,在学校的文学创作园地《百花》墙报上,每期都有他亲自写的文章(最出名的有《李自成起义的传说》《盖叫天谈练功》),谈天说地,博古论今,让我更加信服他一定师出名门。我们学生对他肃然起敬,也充满对那个风云激荡时代的想象。但对他也多少有些害怕,远远看见他,都会躲着走。

高校长在汇文的那十年中,有我在汇文读书的六年。我单独见到他,只有两次。但是,遵从着有教无类的古训,我知道他对我颇为青睐和照顾有加，学校破例允许我可以进图书馆里面去挑书，便是他的指示。当时有很多学生不满，找到图书馆的高挥老师去吵，向学校提意见，高校长坚持自己的主见："要给爱学习的学生开小灶！"

记得我初一的班主任司老师曾经对我说过，有一次，高校长问司老师这样一个问题："你说是一名大学教授贡献大，还是一名优秀的中学老师贡献大？"不等回答，他自己说，"办好一所中学，不见得比大学教授贡献小。"他在为汇文校长的那十年中，把一所拥有百年历史的老学校，以德、智、体、美全面发展的好成绩，推到全北京市中学前五六名的位置上，这是他之后历任校长再也无法企及的。

高校长最大的爱好，就是听课，所以，年轻的老师，和我们学生一样，都有些怕他，怕他搬来一把椅子，坐在教室后面听课，下课之后，检查他们的教案和备课笔记。他是教学的行家，老师哪里讲得好，哪里讲得不好，他听得出来。他对老师们讲："讲课要像梅兰芳唱戏一样，一句唱词一个唱腔，要反复琢磨，要精益求精，要追求艺术效果。"

第一次，是高一，下午放学的时候，班主任老师叫住我，让我到校长室去一趟，说高校长找我。我有些惴惴不安，一般学生被叫到校长室，不会有什么好事，犯了错误被叫去受训居多。我心里在想，自己犯了什么事吗？会不会把我找去批评我？

校长室在一楼，我敲门后走进去的时候，高校长正襟危坐在办公桌前。他没有让我坐下，只是先问我最近的学习情况，然后又告诫我谦虚，不要骄傲翘尾巴，最后，拉开办公桌的抽屉，拿出一个牛皮纸袋递给我，告诉我："这是一本英文版的《中国妇女》杂志，你的一篇作文翻译成了英文，刊登在上面了。"

我松了一口气，原来是好事。我站在那里，等着他继续训话。但是，没有了，他摆摆手，放行，让我走了。刚走出校长室，在楼道里，我就打开了杂志，一看，是我的那篇《一幅画像》，翻译成了英文，还配发了一幅插图。

我到现在还记得，在校长的办公室里，靠墙有一个长条背靠椅，后来我听班主任老师说，高校长就是在这个长椅子前面再加一把椅子，把它们当成了床，常常晚上不回家，睡在这上面。

第二次，是我读高二，有一天下午放学早了点儿，我和一个同学下楼，边下楼梯，边哼唱起来《花儿为什么这样红》。那时候，正放映电影《冰山上的来客》，这首雷振邦作曲的电影插曲很红，很多人都爱唱，我们也是刚刚学会的。那时，我们的教室在三楼，我们两人从三楼走到一楼，也从三楼哼哼着唱到一楼。走到一楼前的最后几个台阶的时候，我们两人都看见了，高校长正一脸乌云站在一楼的楼梯口等着我们呢。

我们收住了歌声，惴惴不安地走到他的跟前，他劈头盖脸问了我们一句："你们说说，花儿到底为什么这样红？"

我们两人吓得什么话也说不出来。

高校长又严厉地对我们说道："你们不知道吗，高三的同学还在上课?"

我们才忽然想到,高三年级各班的教室都在一楼,为了迎接高考,他们得加班加点上课。

高校长说完,转身走了,我们两人赶紧夹着尾巴溜出了教学楼。

高二的那年,我当了一年学校学生会的主席。也没有多少工作,只是负责在学校大厅的黑板上每周出一次黑板报,每学期一次全校运动会和文艺汇演,还有每学期的开学典礼的文艺演出。

高三开学典礼的文艺演出准备工作,还是由我们这一届的学生会负责,开学之后,学生会换届选举,我就可以卸任,准备紧张的高考了。就在准备文艺演出的一天下午,我正在学校礼堂的舞台上和同学们一起忙乎,一个同学跑上台,对我说范老师找我。范老师是负责我们学生会的教导处的主任。我跟着这个同学走下舞台,往礼堂外面走,刚走到门口,看见范老师正坐在最后一排的椅子上。他身边还坐着两位老师,一男一女,我都不认识。

范老师见我走了过来,站起来,向我介绍,原来是中央戏剧学院表演系的两位老师。男老师教形体课,女老师教表演课。我很有些奇怪,不知道他们找我有什么事情。说句很羞愧的话,当时,我确实见识很浅陋,从来没有听说过北京还有一个戏剧学院。

范老师告诉我:"这两位老师是专门来咱们学校招收学生的,他们看中了你!"

我更是有些吃惊,因为当时我一门心思只想考北大,对于戏剧学院一无所知，对于表演系更是一头雾水。两位老师非常热情，对我说："以前不了解，没关系，到我们学校参观一下，不就了解了嘛！"

于是，我被邀请参观了中央戏剧学院，由这两位老师陪同，观看了戏剧学院学生演出的话剧《焦裕禄》。我第一次走进正规剧院的后台，那是我们学校舞台一侧简陋的后台无法相提并论的。鲜艳的服装、化妆的镜子、喷香的油彩、迷离的灯光、色彩纷呈的道具……以一种新奇而杂乱的印象，一起涌向一个中学即将毕业而有些好奇有些兴奋又有些不知所措的少年面前。

不过，我一直很奇怪，我根本不认识这两位戏剧学院表演系的老师，他们是怎么知道我的呢？我把这个疑问抛向了我的班主任老师。他告诉我："艺术院校是提前招生，所以，这两位老师老早就来过咱们学校好几次了，想找一个能写也能演的学生，希望学校推荐合适的人选，是高校长推荐了你！"

我的心里，对高校长很是感激。

一直到从汇文中学毕业，离开这所学校，我再也没有见过高校长。

忽然想起曾经学过的语文课文，鲁迅的《从百草园到三味书屋》中说过的话："我将不能常到百草园了。Ade，我的蟋蟀们！Ade，我的覆盆子们和木莲们！"

我也要说：我将不能常到汇文中学了。Ade，我的校园！Ade，我的老师们和高校长！

Ade，我的中学时光！

体育老师

　　我读大学是1978年，那一年，我三十一岁。那是粉碎"四人帮"之后中央戏剧学院第一次招生，我们班上的学生年龄大小不一，有应届中学毕业生，比我小许多的，也有比我年纪还大的，可谓爷爷孙子一锅烩。长着青春痘的，和一脸沧桑的，坐在同一个教室里，老师看了，都觉得怪怪的。

　　年纪大，不耽误上各种专业文化课，而且，上这样的课，年纪还占着便宜，因为以前读的书多些，理解力会强些，作业完成得也会相应好些。唯独一门课，让年纪大的头疼，便是体育课。偏偏教我们体育课的张老师，是个上课极其认真严格的老师。

　　我们的体育课很正规，球类、投掷、跳箱跳马、垫上运动、单双杠、中长跑……应有尽有。夏天,到什刹海游泳;冬天,到北海滑冰。从不让你闲着。而且,不是单纯玩玩的,每一项结束,都要进行测验,记录下你的分数,登记在你的期末学习成绩册上。

这些运动项目,对年轻人来说,不算什么,对上点儿年纪的人,老胳膊老腿的,还真是不那么容易通过。我从小算是爱体育运动,这些项目勉强能过关,唯一从来没有穿过冰鞋滑过冰,第一次惴惴不安地上冰,居然一下就会滑了,并没有想象中的跌跤露丑。但是,班上有几位和我年纪差不多的老龄同学,就没有那么幸运了。别说滑冰游泳根本不行,就是其他的项目,也常常出笑话。最有意思的是,一次练习跳箱,一个同学双手按着跳箱一端,使劲儿使大发了,竟然一把把跳箱盖推走,他自己整个身子一下子掉进跳箱里面了。另一次练习投手榴弹,一位同学助跑之后,把手榴弹投出去,手榴弹不是向前,而是匪夷所思在他的身后飞落。上一次跳马让全班同学哄堂大笑,这一次可是吓得站在后面等待投手榴弹的同学一片惊叫,纷纷如鸟兽散。

从小学开始就有体育课,体育课上得如此惊心动魄,是我从来没有经历过的。我看到张老师站在一旁,不动声色,一句话不说。大概也是他从教这么多年从来没有见过的,让他哭笑不得,不知该对我们这帮学生说什么才好。

有好几位年纪大的同学悄悄指责张老师,说我们都这么大年纪了,又不是小年轻,体育课不是什么正经的课,对付对付算了,干嘛还这么认真严格，难道还要把我们培养成运动员去参加奥运会不可？也有人嘲讽张老师，说从"文化大革命"到现在这十二年，一直都没有上体育课，好不容易有了，他能又上体育课了，还不得拿咱们练练手，过过瘾！

这样的话，可不敢让张老师听见。戏剧学院里排座次的话，表演、导演、舞美和戏文分列前后，其中学习的科目众多，体育课，大概是要排在末端的。但是，张老师从来没有这样的感觉，体育课，他一直认为是整个学院的顶端，没有好身体，你再大的本事也是玩完。在他的体育课上，他始终如一位将军威武雄壮地站在那里，赛过再有名的演员导演和剧作家。我在戏剧学院读书四年，教书两年，认识很多教学认真严格的老师，张老师的认真严格中有种其他老师没有的艮劲儿，或者叫作轴劲儿，是让我最难忘的。

最难忘的是四年之后我们大学毕业之际，体育课的考试是1500米长跑。没有选择别的项目，是张老师对我们的宽容和体恤，甭管你跑多慢，只要坚持跑下来，就算成绩合格。那时候，我的同学后来有名的作家陆星儿正巧要生小孩，没办法参加这1500米长跑考试。大家心想张老师还不通融一下，好歹给个成绩，让陆星儿毕业得了。张老师毫不通融，坚持要陆星儿生完孩子回来补考。实在没有办法，陆星儿只好生完孩子恢复身体之后，回到学院找张老师补考。我们毕业是在八月份的夏天，陆星儿回来补考是一个学期之后的寒假了。每一次想到陆星儿独自一个人，顶着寒风，从学院大门口，绕到圆恩寺前街，再顺着宽街跑到棉花胡同，跑到学院大门口，我都会想起我们这一代人大学独一无二的体育课。

当然，也会想起张老师。陆星儿独自一人长跑的时候，他也是独自一人，站在我们学院的大门前，手里掐着计时的秒表，等着陆星儿跑回来。他们一样顶着三十八年前冬天的寒风。

第 二 部 分

我们的老院

//

母亲三帖

一

姐姐离开北京去内蒙古没有多久,爸爸把我和弟弟放在他的一个朋友的家里照料,自己回了一趟老家。他回来的时候,给我们带回来了一个女人,后面还跟着一个十几岁的小姑娘,爸爸指着她,对我和弟弟说:"快,叫妈妈!"

弟弟吓得躲在我身后,我噘着小嘴,任爸爸怎么说,就是不吭声。

"不叫就不叫吧!"她说着,伸出手要摸摸我的头,我拧着脖子闪开,就是不让她摸。

望着这陌生的娘俩儿,我首先想起了那无数人唱过的凄凉小调:"小白菜呀,地里黄呀,两三岁呀,没有娘呀……"我不知道那时是一种什么心绪,总是用忐忑不安的眼光偷偷看她和她的女儿。

有一天,我发现她的女儿手里拿着几管彩色的丝线,我一眼就认出来是母亲的丝线。但是,我不放心,生怕是自己疑心弄错了,赶紧跑到自己的床边,掀开褥子一看,果然丝线不见了。我跑了过去,不由分说,一把从她女儿的手里夺过丝线。她女儿和我争夺,不知道哪儿来得那么大的劲儿,我一把把她女儿推倒在地上。她呜呜地哭了起来。

爸爸和她都跑了过来,爸爸责备我,说一个男孩子要丝线干什么用,让我把丝线给她的女儿,我也呜呜地哭了起来,手心里攥着丝线就是不给。

她把她的女儿拉到一旁,说:"你要丝线干什么呀!那是弟弟的嘛!"

在以后的日子里,我从来不喊她妈妈。上学之后,学校开家长会,我硬是把她堵在学校门口,对同学说:"这不是我妈。"

娘去世后,爸爸放大了一张十几英寸的娘的照片,挂在墙上。有一天,我看见她踩着凳子上去擦照片上的灰尘。她正擦着,我突然地向她大声喊着:"你别碰我娘!"

好几次夜里,我听见爸爸在和她商量:"把照片取下来吧?"

她总是说："不碍事儿，挂着吧！"头一次，我对她产生了一种说不出的好感，但我还是不愿叫她妈妈。

二

八岁那年，我上小学二年级，火车第一次驶进我的生命里。暑假，我坐火车去到包头看姐姐。

那时，我家住在前门外，紧靠着老的前门火车站，成天看见火车拉响着汽笛跑来跑去，但我还没坐过火车。因为姐姐在铁路局工作，我对火车充满感情。因为火车可以带我去看姐姐，就对火车更充满向往。

快放暑假的时候，我几乎天天都在吵吵要去看姐姐。姐姐已经离开北京四年了，她在包头结了婚，有了孩子。我觉得那时我最想的就是姐姐。当然，姐姐也想我，她最后来信对爸爸说就让复兴来吧，上车托付给列车员，应该没问题。

听说学校开张证明，便可以买张半费的学生火车票。爸爸去了趟学校，碰壁而归。校长说学生只有去探望父母才可以买半费学生票，看姐姐不行。我知道那位脸总是像刷着糨糊一样绷得紧紧的校长，他说出的话从来都是钉天的星。我们看见他，都像耗子见了猫一样，躲得远远的。

她说："我去试试！"我不抱什么希望。

果然她也是碰壁而归。不过，她不是就此罢休，接着再去，接着碰壁。我记不清她究竟几进几出学校了。总之，一天晚上，她去学校很晚没回家，爸爸着急了，让我去找。我跑到学校，所有办公室都黑洞洞的，只有校长室里亮着灯。我走近校长室门前，没敢进去。平日，我从没进过一次校长室。只有那些违反校规、犯了错误的同学才会被叫进去挨训。我趴在门口听听里面有什么动静。没有。什么动静也没有。莫非没人？她不在这里？再听听，还是没有一点儿声响。我趴在窗户缝瞅了瞅，校长在，她也在。两人演的是什么哑剧？

我不敢进去，也不敢走，坐在门口的石阶上等。

不知过了多半天，校长的声音吓了我一跳："大妈！我算服了您啦！给您，证明！我可是还没吃饭呢！"接着就听见椅子响和脚步声，吓得我赶紧兔子一样跑走，一直跑出学校大门。我站在离校门口不远的一盏路灯下，等她出来，老远就看见她手里攥着一张纸，不用说，那就是证明。

她走过来，我从灯影下跳了出来，愣愣的，吓了她一跳，一见是我，把证明递给我："明儿赶紧买火车票去吧！"

回家的路上，我问她："您用什么法子开的证明呀？"我觉得她能把那么厉害的校长磨得好说话了，一定有高招。

她微微一笑："哪儿有啥法子！我磨姜捣蒜就是一句话：探亲，探亲！复兴就这么一个亲姐姐，除了姐姐还探啥亲？不给开探亲证明哪个理？校长不给开，我就不走。他学问大，拿我一个老婆子有啥法子！"

那时候，我的脸好红。我不是最怕她去学校吗？好像她会给我丢多大脸一样。可是，今天要不是她去学校，证明能开回来吗？

虚荣心伴我长大。当浅薄的虚荣一天天减少，我才像虫子蜕皮一样渐渐长大成人。而那时候，我懂得多少呢？那时在我心里的天平上，一头是娘，一头是姐姐。

三

孩子没有一个是省油的灯，大人的心操不完。我们大院前有块平坦、宽敞的水泥空场，空场上放着一个大车的轮子，我们把它当成了公园儿童游乐场的水车，常踩在上面滑着玩。空场成了我们孩子的儿童乐园，有一天，我在车轮上玩疯了，车轮越转越快，脚踩在上面太快，一脚踩空，重重地摔在了水泥地上，立刻晕了过去。

等我醒来的时候，看见的是一位穿白大褂的大夫。大夫告诉我："多亏了你妈呀！她一直背着你跑到医院里来的，生怕你留下后遗症，长大可得好好孝顺呀……"

她站在一边不说话，看我醒过来，俯下身摸摸我的后脑勺，又摸摸我的脸。不知怎么搞的，我第一次在她面前流泪了。

"还疼？"她立刻紧张地问我。

我摇摇头，眼泪却止不住。

"不疼就好，没事就好！"

回家的时候，天早已经全黑了。从医院到家的路很长，还要穿过一条漆黑的小胡同，我一直伏在她的背上。我知道刚才她就是这样背着我，跑了这么长的路往医院赶的。

以后的许多天里，她不管见爸爸还是见邻居，总是一个劲儿埋怨自己："都赖我，没看好孩子！千万别落下病根儿呀……"好像一切过错不在那硬邦邦的水泥地，不在我那样调皮，而全在于她。一直到我活蹦乱跳一点儿事没有了，她才舒了一口气。

没过几年，三年困难时期就来了。只是为了省出家里一口人的饭，她把自己的亲生闺女，那个老实、听话、像她一样善良的小姐姐嫁到了内蒙古，那年小姐姐才十八岁。我记得特别清楚，那一天，天气很冷，爸爸看小姐姐穿得太单薄了，就把家里唯一一件粗线毛大衣给小姐姐穿上。她看见了，一把给扯了下来，对小姐姐说："别，还是留给弟弟吧。啊？"

车站上，她一句话也没说，只在火车开动的时候，向女儿挥了挥手。寒风中，我看见她那像枯枝一样的手臂在抖动。回来的路上，她一边走一边唠叨："好啊，好啊，闺女大了，早点儿寻个人家好啊，好。"我实在是不知道人生的滋味儿，不知道她一路上唠叨的这几句话，是在安抚自己那流血的心。她也是母亲，她送走自己的亲生闺女，为的是两个并非亲生的孩子，世上竟有这样的后妈吗？

望着她那日趋隆起的背，我的眼泪一个劲儿往上涌，"妈妈！"我第一次这样称呼了她，她站住了，回过头，愣愣地看着我，不敢相信这是真的。

我又叫了一声"妈妈"，她竟"呜"的一声哭了，哭得像个孩子。多少年的酸甜苦辣，多少年的委屈，全都在这一声"妈妈"中融解了。

清明忆父

很多童年的事情，过去了那么多年，却仍然恍若面前，连一些细枝末节都记得特别清楚。记得爸爸为我买的第一支笛子，是1角2分钱；买的第一本《少年文艺》，是1角7分钱；买的第一把京胡，是2元2角钱……那时候，家里的生活拮据，一家五口依赖爸爸菲薄的薪水维持，给我买这些东西，爸爸是咬着牙掏出这些钱来的。因为那时买一斤棒子面才8分钱，花这么多钱买这些东西，特别是花2块多钱买一把京胡，显得有些奢侈。

那时，我爱上读书，特别是从同学那里借了一本《千家诗》以后，我对古诗更是着迷。我家离大栅栏不远，大栅栏路北有一家挺大的新华书店，放学以后，我常到那里看书。屡次翻看后，从那书架上琳琅满目的唐诗宋词里，我看中当中四本，最为心仪，爱不释手，拿起来，又放下，依依不舍。一本是复旦大学中文系编选的《李白诗选》，一本是冯至编选的《杜甫诗选》，一本是游国恩选注的《陆游诗选》，一本是胡云翼选注的《宋词选》。

每一次，翻完这四本书后，总要不由得看看书后面的定价，《李白诗选》是1元5分，《杜甫诗选》是7角5分，《陆游诗选》是8角，《宋词选》是1元3角。四本书加起来，统共要小5元钱呢。那时候的5元钱，恰好是我上学在学校里一个月午饭的费用。每一次看完书后面的定价，心里都隐隐地叹口气，这么多钱，和爸爸要，爸爸不会答应的。每次翻完书，心里都对自己说，算了，不买了，到学校借吧。可是，每次到新华书店里来，总忍不住还要踮着脚尖，把这四本书从架上拿下来，总不由得翻完书后还要看看后面的定价，好像希望这一次看到的定价，会比上一次看到的要便宜似的。

那时候，姐姐为了帮助爸爸分担家里的负担，每个月给家里寄30元钱。那一天放学以后，妈妈方才从邮局里取回姐姐寄来的30元钱，我清清楚楚地瞥见妈妈把那六张5元钱的票子放进了我家放"金银细软"的小牛皮箱子里。妈妈离开家以后，我马上翻开小箱子，从那六张票子里抽出一张，揣进衣兜，飞也似的跑出家门，跑到大栅栏，跑进新华书店，不由分辩地，几乎是比售货员还要业务纯熟地从书架上抽出那四本书，交到柜台上，然后从衣兜里掏出那张5元钱的票子，骄傲地买下了那四本书。终于，李白、杜甫和陆游，另有宋朝那么多著名的词人，都属于我了，能够天天陪同我一起吟风赏月、说山论河了。

回到家，我放下那四本书，非常高兴，就跑出家门，到胡同里和小伙伴们玩了。傍晚的时候，瞥见刚下班的爸爸一脸乌青地向我走来，把我领回家，把我摁在床板上，用鞋底子狠狠地打了我屁股一顿。我没有对抗，没有哭，什么话也没有说，因为我一眼看到床头上放着那四本书，知道爸爸一定晓得了小箱子里少了一张5元钱的票子是干什么去了。我知道，是我错了，我不应该心血来潮私自拿钱去买书，5元钱，对于一个清贫的家庭来讲，是笔不小的数目。

挨完打后，我没有吃饭，拿着那四本书，跑回大栅栏的新华书店，好说歹说，求人家退了书。我把拿回来的钱放在爸爸的面前，爸爸抬头看了我一眼，什么话也没有说。

第二天晚上，爸爸下班回来晚了，天完全黑了下来。妈妈已经把饭菜盛好，放在桌子上，我们一家正等他吃饭。爸爸坐在饭桌前，没有先端饭碗，而是从他的破提包里拿出了几本书，我一眼看见，就是那四本书：《李白诗选》《杜甫诗选》《陆游诗选》和《宋词选》。

爸爸对我说："爱看书是好事，我不是不让你买书，是不让你私自拿家里的钱。"

六十多年的光阴过去了，我还记得爸爸讲过的这句话和讲这句话时的模样。那四本书，跟随我从北京到北大荒，又从北大荒到北京,几经颠簸,几经迁居,一直都还在我的身旁。大栅栏里的那家新华书店,奇迹般地也还在那里。统统都好像还和童年时一样,只是爸爸已经去世四十八年了。

//
父亲和信

初三毕业的那年暑假,一天晚上,我已经躺在床上睡下了。父亲走进来,轻轻地把我叫醒。我睁开惺忪的睡眼,望着父亲,不知有什么事情,都已经这么晚了。父亲只是很平淡地说了句:"外面有人找你。"就又走出房间。

我大了以后,父亲不再像我小时候那样磨姜捣蒜一样絮絮叨叨地教育我,他知道我不怎么爱听,和我讲话越来越少。初三那一年,我正在积极地争取入团,和他更是注意划清阶级界限,因为他参加过国民党。父亲显然感觉得出来,更是明显地和我拉开距离,不想让自己当成我批判的靶子,当然,更不想影响我的进步。因此,他和我讲话的时候,显得十分犹豫,不知该说什么才好。最后，索性少说，或者不说。

我穿好衣服，走出家门，看见门口站着一个女同学。起初，没有认出是谁，定睛一看，是我的小学同学小奇。她笑着和我打着招呼。我们是小学同学，她是上四年级的时候，从南京来到北京，转到我们学校的。我们同年级，不同班。第一次见面的情景，立刻在她向我挥手打招呼的瞬间闪现。我们学校有几台乒乓球案子，课间十分钟，是同学们抢占案子的时候，每人打两个球，谁输谁下台，让另一个同学上来打。那时候，我乒乓球打得不错，常常能占着台子打好多个回合。那一天，上来的同学劈头盖脸就抽了我一板球，让我猝不及防，我忍不住叫了声："够厉害的呀！"抬头一看，是个女同学，就是小奇。

小学毕业，我们考入不同的中学，初中三年，再也没有见过面。突然间，她出现在我家的门前。这让我感到奇怪，也让我感到惊喜。看她明显长高了许多，亭亭玉立的，是少女时最漂亮的样子。

她是来我们大院找她的一个同学，没有找到，忽然想起了我也住在这个院子里，便来找我，纯属于挂角一将。但那一夜，我们聊得很愉快。坐在我家旁边的老槐树下，她谈兴甚浓。五十多年过去了，谈的别的什么都记不得了，唯独记得的是，她说暑假跟她妈妈一起回了一趟南京，看到了流星雨。我当时连流星雨这个词都没有听说过，很好奇地问她什么是流星雨。她很得意地向我描述流星雨的壮观。那一夜，月亮很好，星光璀璨，我望着夜空，想象着她描述的壮观夜空，有些发呆，对她刮目相看。

谈不上阔别重逢，但是，少年时期的三年，正是人的模样、身材和心理、生理迅速变化的三年，时间过得很快，回想起来却显得很长。意外的重逢，让我们彼此都有一种异样的感觉。我们就是这样接上火，令我们都没有想到的是，我们的友谊，从那一夜蔓延到了整个青春期。

从那个夜晚开始，几乎每个星期天的下午，她都会到我家找我。我们坐在我家外屋那张破旧的方桌前聊天，天马行空，海阔天空，好像有说不完的话，窄小的房间，被一波又一波的话语胀满。一直到黄昏时分，她才会起身告别。那时，她考上北京航空学院附中，住校，每星期回家一次，她要在晚饭前返回学校。我送她走出家门，因为我家住在大院最里面，一路要逶迤走过一条长长的甬道，几乎所有人家的窗前都趴有人头的影子，好奇地望着我们两人，那眼光芒刺般落在我们的身上。我和她都会低着头，把脚步加快，可那甬道却显得像是几何题上加长的延长线。我害怕那样的时刻，又渴望那样的时刻。落在身上的目光，既像芒刺，也像花开。

我送她到前门22路公共汽车站，看着她坐上车远去。每个星期天的下午，由于她的到来，变得格外美好，而让我期待。那个时候，我沉浸在少男少女朦胧的情感梦幻中，忽略了周围的世界，尤其忽略了身边父亲和母亲的存在。

所有这一切，父亲是看在眼里的，他当然明白自己的儿子正在发生着什么事情，又在经历着什么事情。以他过来人的眼光看，他当然知道应该在这个时候提醒我一些什么。因为他知道，小奇的家就住在我们同一条街上，和我们大院相距不远，也是一个很深的大院。但是，那个大院和我们大院完全不同，不同的原因，从外表就可以看得出来，它是拉花水泥墙，红漆木大门，门的上方有一个浮雕——大大的五角星。这便和我所居住的那种广亮式带门簪和门墩的黑色老门老会馆，拉开了不止一个时代的距离。

其实，这一点，我是知道的，每天上学下学，都要路过那里。但是，当时的我对这一点根本忽略不计。对于父亲而言，这一点，是表面，却是直通本质的。因为居住在那个大院里的人，全部都是解放北京城之后进城的解放军的军官或复员军人和他们的家属。那个被称作乡村饭店的大院，是中华人民共和国成立之后拆除了那里的破旧房屋后，新盖起来的，从新老年限看，和我们的老会馆相距有一两百年的历史。在父亲的眼里，这样的距离是不可逾越的。不可逾越，从各自居住不同的大院就已经命定。我发现，每一次我送小奇到前门回到家，父亲都好像要对我说什么，却又都欲言又止。从那时我的年龄和阅历来讲，我无法明白父亲曾经沧海的忧虑。我和父亲也隔着一道无法逾越的距离。

那时候，我喜欢文学，她喜欢物理，我梦想当一名作家，她梦想当一名科学家。她对我的欣赏，给我的鼓励，表露于我的友谊和感情，伴随我度过青春期。

说心里话，我对她一直充满似是而非的感情，那真的是人生中最纯真而美好的感情。每个星期天她的到来，成为我最欢乐的日子；每个星期见不到她的日子，我会给她写信，她也会给我写信。整整高中三年，我们的通信，有厚厚的一摞。我把它们夹在日记本里，胀得日记本快要撑破了肚子。父亲看到了这一切，但是，他从来没有看过其中的一封信。

寒暑假的时候，小奇来我家找我的次数会多些。有时候，我们会聊到很晚，送她走出我们大院的大门了，我们站在大门口外的街头，还接着在聊，恋恋不舍，谁也不肯说再见。那时候，不知道我们怎么总会有说不完的话，长长的流水一般汩汩不断，扯出一个线头，就能引出无数条大路小道，逶迤迷离，曲径通幽，能够到达很远很远未知却充满魅力的地方。

路灯昏暗，夜风习习，街上已经没有一个行人，安静得像是睡着了一样。只有我们两个人还在聊。一直到不得不分手，望着她向她家住的乡村饭店的大院里走去的背影消失在夜幕中，我回身迈上台阶要回我们大院的时候，才蓦然心惊，忽然想到，大门这时候要关上了。因为每天晚上都会有人负责关上大门。那样的话，可就麻烦了，门道很长，院子很深，想叫开大门，不是件容易的事情。很有可能，我得在大门外站一宿了。

当我走到大门前，抱着侥幸的心理，想试一试，兴许没有关上。没有想到，刚刚轻轻一推，大门就开了。我庆幸自己的好运气，大门真的还没有关闭。我走进大门，更没有想到的是，父亲就站在大门后面的阴影里。我的心里漾起一阵感动。但是，我没有说话，父亲也没有说话，就转身往院里走。我跟在父亲的背后，走在长长的甬道上，只听见我和父亲咚咚的脚步声。月光把父亲瘦削的身影拉得很长。

很多个夜晚，我和小奇在街头聊到很晚，回来时，生怕大院的大门被关闭的时候，总能够轻轻地就把大门推开，看见父亲站在门后的阴影里。那一幕的情景，定格在我的青春时代，成为一幅永不褪色的画面。

在我也当上了父亲之后，我曾经想，并不是每一个父亲都能做到这样的。其实，对于我和小奇的交往，父亲从内心是担忧的，甚至是不赞成的。因为在那讲究阶级、讲究出身的年代，注定他们的后代命运的结局。年轻的我吃凉不管酸，父亲却已是老眼看尽南北人。

只是，他不说什么，任我任性地往前走。因为他不知道该如何说，他怕说不好，引起我的误解，伤害我的自尊心，更引起我对他的批判。更重要的是，他知道说了也不起什么作用。两代不同生活经历与成长背景的人，代沟是无法填平弥合的。在那些个深夜为我等门守候在院门后面的父亲，当时，我不会明白他这样复杂曲折的心理。只有我现在到了比父亲当时的年龄还要大的时候，才会在蓦然回首中,看清一些父亲对孩子疼爱有加又小心翼翼的心理波动的涟漪。

1973年的秋天,父亲脑出血去世。那时,我在北大荒插队,赶回北京奔丧。父亲的后事料理停妥之后,我打开我家那个黄色的小牛皮箱。那里装着我的看家宝贝、父亲的工资、所有的粮票布票邮票等。我想会不会有父亲留给我的信,哪怕是只写几个字的纸条也好。在小牛皮箱子的最底部,有厚厚的一摞信。我翻开一看,竟然是我去北大荒之前没有带走的小奇写给我的信,是整整高中三年写给我的所有的信。

望着这一切,我无言以对,眼前泪水如雾,一片模糊。

//
姐姐

这个世界上最先让我感觉到至为圣洁而宽厚的爱，而值得好好活下去的，一个是母亲，一个是姐姐。

一

姐姐年轻时很漂亮，只是脾气不好，这一点儿随娘。在我和弟弟落生的时候，娘都把姐姐赶到远远的城外去，说她命硬，会冲了我们降生的喜气。我和弟弟都是姐姐抱大的，只要我们一哭，娘常常不问青红皂白地先把姐姐骂上一顿，或者打上几下。可以说为了我和弟弟，姐姐没少受气，脾气渐渐变得暴躁而格外拧。

可是，姐姐从来没对我和弟弟发过一次脾气。即使现在我们已经长大成人，在她眼里依然还像依偎在她怀中的小孩。

姐姐的脾气使得她主意格外大，什么事都敢自己做主。娘去世的那一年，她偷偷报名去了内蒙古。那时，正在修建的京包铁路线需要人，家里的生活也愈发拮据，娘去世后一大笔亏空，父亲瘦削的肩已力不可支。临行前，姐姐特地在大栅栏为我和弟弟买了双白力士鞋，算是再为娘戴一次孝，带我们到劝业场照了张照片。带着这张照片，姐姐走了，独自一人走向风沙弥漫的内蒙古，虽未有昭君出塞那样重大的责任，但一样心事重重地为了我们而离开了北京。我和弟弟过早尝到了离别的滋味，它使我们因过早品尝人生的苍凉而早熟。从此，火车站灯光凄迷的月台便和我们命运相交，无法分割。

那一年，姐姐十七岁。

第二年，姐姐结婚了。她再一次自作主张让父亲很是惊奇却又很无奈。春节前夕，她和姐夫从内蒙古回到北京，然后回姐夫的家乡任丘。姐夫就是从那里怀揣着一本孙犁的《白洋淀纪事》参加革命的，他脾气很好，正好和姐姐成了鲜明的对比。

以后，我和弟弟便盼姐姐回来。因为每次姐姐回来，都会给我们带回许多好吃的、好玩的。我们还是不懂事的小馋猫呀！记得三年严重困难时期，姐姐到武汉出差，想买些香蕉带给我们，跑遍武汉三镇，只买回两挂芭蕉。那是我第一次吃芭蕉，短短的，粗粗的，口感虽没有香蕉细腻，却让我难忘。望着我和弟弟贪婪地吃着芭蕉的样子，姐姐悄悄落泪。那时，我不明白姐姐为什么要落泪。

那一次，姐姐和姐夫一起来北京，看见我和弟弟如狼似虎贪吃的样子，没说什么。正是我们长身体的时候，肚子却空空的像无底洞，父亲念叨着家里粮食总是不够吃。姐姐掏出一些全国粮票给父亲，第二天一清早便和姐夫早早去前门大街全聚德烤鸭店排队。那时，排队的人多得不亚于现在办出国签证。我不知道姐姐、姐夫排了多长时间的队，我和弟弟放学回家时，见到桌上已经摆放着烤鸭和薄饼。那是我们第一次吃烤鸭，以为这是世界上最好吃的东西了。望着我们一嘴油一手油的可笑样子，姐姐苦涩地笑了。

盼望姐姐回家成了我和弟弟重要的生活内容。于是，我们尝到了思念的滋味。思念有时是很苦的，却让我们的情感丰富而成熟起来。

姐姐生了孩子以后，回家探亲的日子越来越少。她便常寄些钱来，父亲拿这些钱照样可以买各种各样的东西给我们，我却感到越发思念姐姐了。我们盼望姐姐归来已经不仅仅为了馋嘴，一股浓浓的依恋的情感已经长成枝繁叶茂的大树，即使无风，依然婆娑摇曳。

终于，又盼到姐姐回来了，领着她的女儿。好日子太不经过，像块糖，即使再精心地含着还是越化越小。渴望中的重逢也必有一别。姐姐说什么也不要我和弟弟送，因为姐姐来的第二天正是少先队宣传活动，我逃了活动挨了大队辅导员的批评。那一天中午，姐姐带我们到家附近的鲜鱼口联友照相馆。照相前，她没带眉笔，划着几根火柴，用火柴燃烧后的可怜的一点点如笔尖上点金一样的炭，分别在我和弟弟眉毛上描了描，想把我们打扮得漂亮些。照完相回到家整理好行装，我和弟弟送姐姐她们娘儿俩到大院门口，姐姐不让送了，执意自己上火车站，走了几步，回头看我们还站在那里，便招招手说："快回去上学吧！"我和弟弟谁也没动，谁也没说话，就那样呆呆站着，望着姐姐的身影消失在胡同尽头。当我们看到姐姐真的走了，一去不返了，才感到那样悲恸，依依难舍又无可奈何。我和弟弟悄悄回到大院，一时不敢回家，伏在一棵丁香树旁默默地擦眼泪。

我们不知在那里站了多久，一直到一种梦一样的声音突然在耳边响起，抬头一看，竟不敢相信：姐姐领着女儿再次出现在我们的面前，仿佛她早已料到会有这样的场面一样。她摸摸我们的头说："我今儿不走了！你们快上学吧！"我们破涕为笑。那一天过得格外长！我真希望它能够永远"定格"！

二

在一次次分离与重逢中，我和弟弟长大了。1967年底，弟弟不满十七岁，像姐姐当年赴内蒙古一样自作主张报名去青海支援"三线"建设，一腔"天涯何处无芳草"的慷慨豪壮。姐姐以为他去西宁一定要走京包线的，就在呼和浩特铁路站一连等了他三天。姐姐等不及了，一脚踏上火车直奔北京，弟弟却已走郑州直插陇海线，远走高飞了。姐姐不胜悲恸，把原本带给弟弟的棉衣给了我，又带我跑到前门买了顶皮帽，仿佛她已经有了我也要走的先见之明一样。我只是把她本来送弟弟的那一份挚爱与牵挂统统收下了。执手相对，无语凝噎，我才知道弟弟这次没有告别的离开，对姐姐的刺激是多么大。天涯羁旅，茫茫戈壁，会时时跳跃着姐姐一颗不安的心。

　　就在姐姐临走那天夜里，我隐隐听到一阵微微的哭泣声，睁眼一看，姐姐正伏在床上，为我赶缝一件棉坎肩。那是用她的一件外衣做面、衬衣做里的坎肩。泪花迷住她的眼，她不时要用手背擦擦，不时拆下缝歪的针脚重新抖起沾满棉絮的针线……

　　我不敢惊动她，藏在棉被里不敢动窝，眯着眼悄悄看她缝针、掉泪。一直到她缝完，轻轻地将棉坎肩放在我的枕边，转身要离去的时候，我怎么也忍不住了，一把伸出手紧紧抓住她的胳膊。我本以为我一定控制不住会大哭起来，可我竟一声没哭，只是一句话也说不出来，喉咙和胸腔里像有一股火在冲、在拱、在涌动……

　　我就是穿着姐姐亲手缝制的棉坎肩，带着她的棉衣、皮帽以及绵绵无尽的情意和牵挂，踏上北去的列车到北大荒的。那是弟弟走后不到一年的事。从此，我们姐仨一个东北、一个西北、一个内蒙古，离得那么远那么远，仿佛都到了天尽头。我知道以往月台凄迷灯光下含泪的别离，即使是痛苦的，也难再有了，而只会在我们各自迷蒙的梦中。

我和弟弟两个男子汉把业已年老的父亲孤零零甩在北京。当我们自以为革命是何等辉煌之际，我们家却正走向颓败。我以为红色海洋会荡涤出一片清纯和美好来，但世态炎凉与人心险恶是我万未料到的。就在我离开家不久，父亲被人赶至两间破旧、矮小的房子里，原因是我家走了我和弟弟两个大活人，用不着那么大的空间，外加父亲曾经参加过国民党。老实又胆小的父亲便把家乖乖迁徙到这两间小黑屋中。最可气的是窗前还有一个自来水龙头，全院人喝水洗刷全仰仗它，每天从早到晚的吵闹声使人无法休息，而且水洇得全屋地下潮漉漉的，爬满潮虫。

就在这一年元旦前夕，姐姐、姐夫来到北京开会。他们本可以住到招待所，可看到家颓败到这种模样，老人孤零零如风中残烛，便没有住在别处，而在这潮漉漉、黑漆漆的小屋过夜，陪伴、安慰着父亲孤寂的心。这就是我和弟弟甩给姐姐的家。那一夜，查户口的突然不期而至，是为了给父亲耍耍威风看的。姐姐首先爬起床，气愤得很。查户口的厉声问："你是什么人？"姐姐嗓门一向很大："我是他女儿。"又问姐夫："你呢？"姐夫掏出工作证，不说一句话，他太清楚这些人的嘴脸，果然，他们客气地退去了。那工作证上写着中共党员、呼和浩特铁路局监委书记。

姐姐、姐夫走的那一天清早，买了许多元宵，煮熟吃时，姐姐、姐夫和父亲却谁也吃不下。元宵本该团圆之际吃，而我和弟弟却远走天涯。她回内蒙古后不时给父亲寄些钱来，其实那本该是我和弟弟的责任。姐姐也常给我和弟弟分别寄些衣物、食品，她把她的以及远逝的母爱一并密密缝进包裹之中。她只要我常常给她写信、寄照片。

当我有一次颇为自得地写信告诉她我能扛起九十公斤重的大豆踩着颤悠悠三级跳板入囤时，姐姐吓坏了，写信告诉我她一夜未睡，叮嘱我一定小心，千万别跌下来，让她一辈子难得安宁。

又一次她看见我寄去的照片，穿着临走时她给我的那件已经破得不成样子的棉衣，上面还有我补的那针脚粗粗拉拉实在难看的补丁，腰扎一根草绳时，她哭了，哭得那样伤心，以至姐夫不知该怎么劝才好……

三

当我像只飞得疲倦的鸟又飞回北京，北京没有如当年扯旗放炮欢送我一样欢迎我。可怜巴巴的我像条乞讨的狗一样，连一份工作都没有，只好待业在家，才知道无论什么时候只有家才是憩息地。

从我回北京那一月起，姐姐每月寄来30元钱，一直寄到我考入大学。似乎我理所应当从她那里领取这份"工资"。她已经有三个孩子，一大家子人。而那年我已经二十七岁！每月邮递员呼喊我的名字，递给我这份寄款单时，我的手心都会发热发颤，仿佛长得这么大了，我还是个嗷嗷待哺的孩子。脆薄的自尊与虚荣，常在这几张票子前无地自容，又无法弥补。幸亏待业时间不长，一年多后，我找到了工作，在郊区一所中学教书。我把消息写信告诉姐姐，让她不要再寄钱给我，我已经有了每月42元5角的工资。谁知，姐姐不仅依然按月寄来30元钱，还寄来一辆自行车，告诉我："车是你姐夫的，你到郊区上班远，骑车方便些，也可以省点儿汽车钱……"

我从火车货运站取出自行车，心一阵阵发紧。这辆银色的自行车跟随姐夫十几年。我感到车上有姐姐和姐夫的殷殷心意，觉得太对不起他们，不知要长到多大才不要他们再操心！

我盼望着姐姐能再来北京，机会却如北方的春雨般难得了。有一次姐姐突然来到北京，这让我喜出望外。那是单位组织她到北戴河疗养。她在铁路局房建段当管理员，平凡的工作，却坚持天天不迟到、不请假、坚守岗位，因此年年评什么先进工作者都会评上她。这次到北戴河便是对她的奖励。十几年没见面了，姐姐明显老了许多，更让我惊奇的是大热天她还穿着棉毛裤。我问她怎么啦？她说早就得了风湿性关节炎。其实，我们小时候，她的腿就已经坏了，那时候我没注意罢了。我们长大了，姐姐老了，花白的头发飘飞在两鬓。她把她的青春献给了内蒙古，也融入了我和弟弟的血肉之躯！

我和弟弟都十分想念姐姐。想想以往都是她千里奔波来看我们，这次，我大学毕业，弟弟考取研究生，我们打算利用暑假各自带着孩子专程去看望一下姐姐,用这突然的举动让姐姐高兴一下!是的,姐姐、姐夫异常高兴,看见了我们,又看见了和我们当年一般大的两个孩子,生命的延续让人感到生命的力量。临离开北京前,我特意买了两挂厄瓜多尔进口大香蕉,那曾是小时候姐姐和我们最爱吃的。我想让姐姐吃个够!谁知姐姐看着这样橙黄、硕大的香蕉,不舍得吃,非让我们吃。我和弟弟不吃,她又让两个孩子吃。两个孩子真懂事,也不吃。直至香蕉一个个变软、变黑,最后快要烂了,还是没人吃。没人吃,也让人高兴!姐姐只好先掰开一只香蕉送进嘴里:"好!我先吃!都快吃吧,要不浪费了多可惜!"我从来没有吃过这样美味的香蕉!我想起小时候姐姐从武汉买回的那串芭蕉。人生的滋味真正品味到了,是我们以全部青春作为代价。

昭君墓就在呼和浩特近郊,姐姐在这里生活了这么长时间,却从来没有去过一次。我们撺掇姐姐去一次。她说:"我老了,腿也不行,你们去吧!"一想到她的老关节炎腿,也就不再劝,我们去的兴头也不大,便带着孩子到城里附近的人民公园去玩。不想那天走出公园大门,天突然浓云四布,雷雨大作。塞外的豪雨莽撞如牛,铺天盖地而来,那阵势惊人,不知何时才能停下来。我们只好躲在走廊里避雨,待雨稍稍小下来,望望天依然沉沉的,索性不再等雨过天晴,领着孩子向公园门口跑去。刚跑到门口,就听前面传来呼唤我和弟弟的声音。真没有想到,是姐姐穿着雨衣,推着车,站在路旁招呼着我们，后车座上夹满雨具，不知她在这里等了多久！雨珠一串串从打湿的头发梢上滚下来，雨衣挡不住雨水的冲击，姐姐的衣服已经湿漉漉一片，裤子已经完全湿透，紧紧包裹在腿上……

姐姐！无论风中、雨中，无论今天、明天，无论离你多近、多远，我会永远这样呼唤你，姐姐！

//
今朝有酒

我家以往并没有嗜酒如命的人。细想一下,也就是父亲在世的时候爱喝两口酒,不过是两瓶二锅头要喝上一个月,八钱的小盅,每次倒上大半盅,用开水温着,慢慢地啜饮,绝不多喝。

如今,弟弟却迷上了酒。几乎不可一日无酒,而且常醉,醉得将胆汁都吐出来,他依然喝。命中注定,他这一辈子难以离开酒。辛弃疾词云:"我饮不须劝,正怕酒樽空",说他丝毫不差。家中并无此遗传因素,真不知他是从何染上瘾的。

想想,该怨父亲。弟弟在家里属老小,小时候,一家人围在桌前吃饭,父亲常娇惯他,用筷子尖蘸一点儿酒,伸进他的嘴里,辣得弟弟直流泪。每次饭桌前这项保留节目,增添全家的欢乐,却渐渐让弟弟染上酒瘾。那时候，他才三四岁，还太小呀！

不满十七岁，弟弟只身一人报名到青海高原，说是支援"三线"建设，说是志在天涯战恶风，一派慷慨激昂。那一天，他到学校找我，我知道一切是板上钉钉，无可挽回了。我们两人没有坐公共汽车，沿着夕阳铺满的马路默默地走回家，一路谁也没有讲话。那天晚上，母亲蒸的豆包是我们兄弟俩最爱吃的。父亲烫了酒，一家人默默地喝。我记不得那晚究竟喝了多少酒，不过我敢肯定，父亲喝得多，而弟弟喝得并不多。他还是个孩子，白酒辛辣的刺激对于他过早些，滋味并不那么好受。

三年后，我们分别从青海和北大荒第一次回家探亲，他长高了我半头，酒量增加得让我吃惊。我们来到王府井，那时北口往西拐一点儿有家小酒馆，店铺不大，却琳琅满目，各种名酒应有尽有。弟弟要我坐下，自己跑到柜台前，汾酒、董酒、西凤、洋河、五粮液、竹叶青……一样要了一两，足足十几杯子，满满一大盘端将上来，吓了我一跳。我的脸立刻拉了下来："酒有这么喝的吗？喝这么多？喝得了吗？"弟弟笑着说："难得咱们聚一次，多喝点儿！以前，咱们不挣钱，现在我工资不少，尝尝这些咱们没喝过的名酒，也是享受！"

我看着他慢慢地喝。秋日的阳光暖洋洋、懒洋洋地洒进窗来，注满酒杯，闪着柔和的光泽。他将这一杯杯热辣辣的阳光一口一口地抿进嘴里，咽进肚里，脸上泛起红光和一层细细的汗珠，惬意的劲儿,难以言传。我知道,确如他说的那样,喝酒对于他已经是一种享受。三年的时光,水滴也能穿石,酒不知多少次穿肠而过,已经和他成为难舍难分的朋友。

想起他孤独一人,远离家乡,在茫茫戈壁滩上的艰苦情景,再硬的心也就软了下来。还是个没长大的孩子,就爬上高高的井架,井喷时喷得浑身是油,连内裤都油浸浸的。扛着百斤多重的油管,踩在滚烫的戈壁石子上,滋味并不好受。除了井架和土坯的工房,四周便是戈壁滩。除了芨芨草、无遮无挡的狂风,四周只是一片荒凉。没有一点儿业余生活,甚至连青菜和猪肉都没有。只有酒。下班之后,大家便是以酒为友,流淌不尽地诉说着绵绵无尽的衷肠。第一次和老工人喝酒,师傅把满满一茶缸白酒递给了他。他知道青海人的豪爽,却不知道青海人的酒量。他不能推托,一饮而尽,便醉倒了,整整睡了一夜。从那时起,他仿佛换了一个人。他的酒量出奇地大起来。他常醉常饮,把一切苦楚与不如意吞进肚里,迷迷糊糊进入昏天黑地的梦乡。他在麻醉着自己。其实,这是对自己命运无奈的消极。但想想他那样小而且远在天涯,那样孤独无助,又如何要他不喝两口酒解解忧愁呢?"人间路窄酒杯宽",一想到这儿,便不再阻拦他喝酒。世道不好或在世道突然变化的时候,酒都是格外畅销的。酒和人的性格相连,也与世道胶粘,怎么可单怪罪弟弟呢?

这几年,世道大变。"四人帮"粉碎之后,弟弟先是调到报社，然后升入大学，考上研究生。可是，"文章为命酒为魂"，他的酒依然有增无减。我的酒与世道的理论在他面前一无所用。

他照样喝，时有小醉或大醉，甚至住过医院。家里最怕来客人，因为他往往会热情得过分，借此大喝一通，不管人家爱喝不爱喝，他非要把一瓶瓶手榴弹一样排成一列的啤酒喝光，再把白酒喝得底朝天，直至不知东方之既白。我最担心过春节，因为那是他喝酒的节日，从初一喝到十五，天天酡颜四起、酒气弥漫，让家人不知所从，似乎跟着他一起天天泡在酒缸里一般。有几次，从朋友家喝完酒归家，他醉意朦胧，骑车带着儿子，儿子迷迷糊糊睡着了，他竟将儿子摔下去，自己还全然不知，独自一人一摇三晃、风摆杨柳一样骑回家。还有一次，他和头头脑脑聚餐，喝得兴起胆壮，酒后吐真言，将人家狗血淋头一通痛骂……

这样的事虽只是偶尔发生，却让人提心吊胆。他妻子便给我写信求救。虽远水解不了近火，我依然如消防队员般扑救。只是我一次次做着无用功，他依然一次次喝。我唯一能够做的，是他回北京住我这里时控制他的酒量。但是，晚上酒未喝足，见他躺在床上辗转反侧、半宿半宿亮着灯光看书那痛苦的样子，心里常动恻隐之情。他无法离开酒，就让他喝吧！喝痛快之后，他倒头就睡，宠辱皆失、物我两忘的样子，让人心里还好受些。不过，我常将这涌起的恻隐之情斩断在摇篮中。我实在不愿意他成为不可救药的酒鬼。我希望帮他克制这个液体魔鬼！

然而我发现这一切想法都落空了。弟弟不和我争执，任我老太婆一样絮絮叨叨地数落，任我狠着心就不把他的酒杯斟满。他的心磁针一样依然顽强地指向酒，万难更易。实在馋得要命，他便带上我的孩子，到外面餐馆里痛痛快快喝一顿，喝完之后嘱咐孩子："千万别告诉你爸爸！"和我一起外出，他说他渴了，我说那就喝汽水吧，他说汽水不解渴。我知道他在馋酒，只好让他喝。一大杯啤酒饮马一样咕咚咚下肚，他回去退杯时趁我未注意，偷偷回头瞧我一眼，匆忙再要半升一饮而尽，方才心满意足地退出酒铺。

去年，我和他一起到新疆采访，开着会却找不见他。不一会儿，他手拎着个酒瓶，站在会议室的门前，实在是像立在一幅画框里，让人哭笑不得。我们到野外钻井队采访，那里不许喝酒，三天下来可把他憋坏了，刚出井队便跑进商店，不管什么酒先买上一瓶再说。钻进越野车，酒却找不见了。看他麻了爪一样在座椅上下前后翻找的样子，真有些好笑，仿佛守财奴找他的钱包，贵妇人找她的钻戒，当官的找他丢失的大印，那样子引起大家一阵笑。说心里话，我感到很不是滋味。

我的孩子曾颇为好奇地问他："叔叔，喝醉了以后是什么感觉呀？"他说："有人醉后打架骂人，有人醉后睡大觉，而我醉后是进入仙境！"他这样对我说："我喜欢林则徐这样一句话'诗无定律须是将，醉到真乡始是侯'。"

我不知"醉到真乡"究竟是什么样子，便也难以进入他的仙境之中。或许，人和人的心真是难以沟通，即便是亲兄弟也如此。我知道他生性狷介，与世无争，心折寸断或柔肠百结时愿意喝喝酒；萍水相逢或阔别重逢时也愿意喝喝酒；独坐四壁或置身喧嚣时还愿意喝喝酒……我并不反对他喝酒，只是希望他少喝，尤其不要喝醉。这要求多低，这希望多薄，他却只是对我笑，竖起一对早磨起茧子的耳朵，雷打不透，滴水不进。

从小失去父母，那么小独自一人漂泊天涯，怎不让人牵挂？记着弟弟喝酒成了我的一块心病。虽明知说也无用，偏还要唠叨不已。外出见到那些醉酒的人，总不由得想起弟弟。前年路过莫斯科，见到那么多酗酒的人被抬上警车狼狈的样子；今年[①]在巴塞罗那，遇到醉酒的摩洛哥人拉着我的胳膊云山雾罩要和我攀谈的样子，都让我想起弟弟，莫非这便是醉到真乡？醉入仙境？我相信弟弟绝不至如此，他的真乡与仙境或许更妙，或许是一种解脱和升华，但我宁愿他不要这一切，而只像平常人一样将酒喝得适可而止，将酒视为一种普普通通的饮料。

今年秋天，弟弟千里迢迢来北京出差，虽长途跋涉，又几处换乘，颇为不便，竟带回一瓶瓷瓶的互助大曲。他掏出几经颠簸却保存完好的酒对我说："这是青稞酒，青海最好的酒！"我哭

---

① 指1992年。——编者注

笑不得。

  我们已经不再年轻。十七岁的少年痛饮只是往昔的一场梦。这次回家，我发现弟弟明显苍老许多，酒量已不如以前，往往几杯酒下肚，话稠语多，眼睛泛红而混浊，肩膀倾斜，手臂也不时隐隐发抖。我真担心这样喝下去待他年老时会突然支撑不住。他却一如既往，高声呼道："来，干杯！"

  我无法干杯。虽然我知道弟弟将无限情感寄托于此。"功名万里外，心事一杯中。"是他曾经抄给我的一句唐诗。但是，我依然不能干。弟弟，我劝你也不要干，而放下你手中的酒杯。尽管这番话也许打不起一点儿分量，尽管这番话已经讲了一万遍，我仍然要对你再讲第一万零一遍！

  你听到了吗？

//
花园大院

北京胡同的名字很有意思,有的土得掉渣儿,比如狗尾巴胡同、粪场大院;也有的很雅,像百花深处、什锦花园、芳草地、杏花天……花园大院也是一条名字很美的胡同,它位于石碑胡同旁边,西边靠近西单,东临天安门,背靠前门大街,是一条闹中取静的胡同。

除了我住的老街,花园大院是我很熟悉的一条胡同。那时候我五岁,母亲突然去世,父亲常带我去他唯一的朋友崔大叔家。崔大婶和我母亲是河南信阳老乡,从小一起长大,两家自然很熟。花园大院的胡同尽头,就是崔大叔家。他家门前有棵老槐树,春节去拜年时，老槐树疏枝横斜，夏天去串门，老槐树下一地槐花如雪。我很愿意去他们家，特别是崔大婶待我就像母亲对儿子，总会让我涌出分外亲切的感觉。

1970年的冬天，我到北大荒两年多之后，第一次回北京探亲，自然要先去崔大叔家。从我进门到落座，崔大婶的目光一直落在我的腿上。我穿的棉裤厚厚的，笨重得很，棉花赶毡，臃在一起。崔大婶没说什么。离开北京要回北大荒之前，我去崔大婶家告别，她拿出一条早已经做好的棉裤，让我换上。仿佛要和我穿的这条笨拙的棉裤故意做对比似的，那条棉裤又薄又轻。我对崔大婶说：北大荒冷，我穿不上这个！崔大婶笑着对我说："傻孩子，这是丝绵裤，比你身上穿得暖和多了！快换上，北大荒天寒地冻的，别冻坏了，闹成了寒腿，可是一辈子的事。"

这是崔大婶为我特意做了一条丝绵的棉裤，这是我这辈子穿的第一条也是唯一一条丝绵裤。那棉裤做得特别好，由于里面絮的是丝绵，又暄腾，又轻巧，针脚分外地细密。我换上这条丝绵裤，感动得很，一再感谢她，并夸她的手艺好。她叹口气说："你的亲娘要是还活着，她比我做活好，比我的活还要细呢！"她说这番话的时候，我从她的眼睛里能够看到对往昔的一种回忆，也让我看到只有作为母亲才有的慈爱之情。

如今，花园大院已经没有了。因为建国家大剧院，花园大院拆迁，崔大婶一家被分到了玉蜓桥边的高层楼房里。

//
玻璃糖纸

    小洁是个很小的小姑娘，也就五六岁的样子。她的爸爸妈妈都在部队上，离北京很远的边疆，一年只能回家探亲一次。小洁一直住在我们大院里她奶奶家。那时候，我们大院的小孩子，没有送幼儿园的，都是老人带。小洁的奶奶忙得很，家里的孩子多，光给一家人做饭，就够老太太忙乎的。小洁太小，和我们这些就要上中学的大孩子玩不到一起，她只好常常一个人玩，显得很寂寞。

    小洁的奶奶家和我家是邻居。她奶奶忙乎的时候，如果看到我正好在家，有时她会溜到我家里来，找我玩。可是，我能和她玩什么呢？我家里没有任何玩具，我只能给她讲故事。故事讲腻了，就丢给她一本小人书，或者好多年前我看过的儿童画报《小朋友》，让她自己一个人玩会儿。

有一天，小洁拿着好几张不同颜色的玻璃糖纸找我玩。她把糖纸都塞到我的手里，对我说："你把玻璃糖纸放在你的眼睛上看太阳，能看到不同颜色的太阳！"我用糖纸遮住一只眼睛，然后闭上一只眼睛，对着太阳看，还真的是看到了不同颜色的太阳，黄色的玻璃糖纸中的太阳就是黄色的，绿色的玻璃糖纸中的太阳就是绿色的，蓝色的玻璃糖纸中的太阳就是蓝色的……

"好玩吧？"小洁问我。

我知道，她是想和我一起玩，才想出了这样一个办法。我对她说："你怎么想起了这么个法子来玩的呢？"

她告诉我："我有好多这样的糖纸呢！晚上，我睡不着，用这些糖纸对着灯光看，灯光的颜色也就不一样了！对着我奶奶看，我奶奶的颜色也不一样了呢！"

"是吗？你真聪明！"我夸奖她。这样的玻璃糖纸，只有包装那些高级奶糖、太妃糖、咖啡糖、夹心糖的糖块儿才会有。一般人家，不会买这样贵的糖，像我家，只有在过年的时候，爸爸才会买一些便宜的硬块儿的水果糖，这种水果糖不会用这样透明的玻璃纸包，只用一般的糖纸而已。

小洁听我夸奖了她，高兴地对我说："我把我的糖纸拿来给你瞧瞧吧！"说着她就跑回家，不一会儿，抱着一个大本子，又跑了回来，把本子递给我。

是一本精装的硬壳书，书名叫《祖国颂》。记得很清楚，是1959年中国青年出版社出版的一本书，那一年，我上小学五年级，正好新中国成立10周年大庆。

打开书一看，是本诗集，里面全都是一首首现代诗。扉页上，歪歪扭扭地写着她爸爸妈妈和爷爷奶奶的名字，最后一行特别写着：这些字都是梁洁写的。我夸奖她说字写得真好，她高兴地笑了，让我赶紧往后翻书。我翻开一看，书里面好多页之间夹着一张或两张玻璃糖纸，都快把整本书夹满。每张糖纸的颜色和图案都不一样，花团锦簇的，非常好看。我认真地一页一页地翻，一页一页地看，从头看到尾。

那时候，姐姐常来信，信封上贴着花花绿绿的邮票，我刚开始积攒邮票，我只知道集邮，还没有听说集糖纸的。我禁不住接着夸小洁："你真够棒的，攒了这么多的糖纸！真好看！你怎么一下子攒了这么多糖纸呀？"

她告诉我，爸爸妈妈每一次回家看她，都会给她买好多的奶糖，探亲假结束，爸爸妈妈回部队了，奶奶怕吃糖吃坏了牙，只许她一天吃一颗奶糖，她一颗颗吃着奶糖，一天天数着日子，盼望着爸爸妈妈再回来看她。开始是奶奶帮助她把每天吃完奶糖扔的糖纸，随手夹在她爸爸读过的这本诗集里，夹的糖纸多了，她觉得挺好看的，自己就开始积攒起糖纸，糖纸越来越多，把这本书都给撑得鼓胀了起来。

"每次我爸爸妈妈回来,我都让他们给我买不一样的奶糖,我的玻璃糖纸就更多更好看了!"小洁看我这么欣赏她的糖纸,非常高兴地对我说。其实,我不光是看她攒的这些漂亮的糖纸,更是看每一页上面的诗,那时候,我已经看了很多文学方面的书,喜欢看诗。虽然密麻麻的诗句看不全,但每一首的作者是看到的,记住了有田间、徐迟、袁鹰、艾青、郭小川、公刘、贺敬之、张志民、李学鳌……大多是我听说过的诗人,却还没有看过他们的诗,我真想看看这些诗,便对小洁说:"你能把这本书借我看两天吗?"

她立刻点头说:"行!"这本《祖国颂》,我从头到尾仔细看了一遍,还抄了好多首诗。这是我第一次读到这么多诗人写的关于祖国的诗歌。我把书还给小洁,谢了她,她扬着小脸,很奇怪地问:"谢什么呀?"

她还会常拿着玻璃糖纸找我玩,不过,不再玩玻璃糖纸遮住眼睛看太阳的把戏了,而是教我怎么把一张玻璃糖纸折成一个小人、一只小鸟。她的手指很灵巧,不一会儿的工夫,就能折成一个小人、一只小鸟,是穿着裙子跳舞的小姑娘,是张开翅膀会飞的小鸟。说是教我,其实,是在表演给我看呢。

我问她:"你可真行!谁教你的呀?"

她告诉我,是她奶奶。

我读初二的时候,小洁的爸爸妈妈从部队转业回到北京,把小洁接走了。那一年,小洁要上小学一年级了。临走的前一天晚上,小洁跑到我家找我，手里拿着那本夹满玻璃糖纸的《祖国颂》，说是送给我了！我很意外，这本书里，积攒着她的糖纸，也积攒着她的童年。我自己集邮，集了一本的邮票，可不舍得给人，她却那么大方地把这一整本糖纸送给了我，我连忙推辞。她却很坚决："我爸爸妈妈总给我买奶糖，我的玻璃糖纸多的是！再说，我知道，你喜欢这本书里的诗。"

我再也没有见到过小洁。每一次看到这本《祖国颂》，我都会想起她。

//
羊羹

在我们大院里,明冬和我很要好。他比我小一岁,性格内向,不大爱说话,不怎么合群,院里的孩子都不爱带他玩。他像只孤雁,总是一个人坐他家的门槛上,或者趴在他家的窗前,望着大家玩。有时候,他会到我家找我借书,他和我一样爱看书,书,让我们两人彼此接近。

明冬长得很秀气,白白净净的,像个小姑娘。他姐姐明秋比他大九岁,长得也很漂亮,这一点,是遗传,因为他们姐弟俩的爸爸妈妈长得都很漂亮。明冬有一个舅舅,在北京开一家点心厂,主要做羊羹卖。那里离明冬家比较远,他舅舅平常日子很少来,但每年春节之前,必定会来一趟,看望明冬全家,每次来,都是坐一辆三轮车，带来好多礼物，大盒子小盒子的，沉甸甸的从三轮车上搬下来，其中带得最多的是羊羹。

明冬跟我说过，他舅舅的羊羹厂，北京城和平解放以前就开张了，解放以后越开越大。最早，他舅舅跟着明冬的妈妈也就是他的姐姐从乡下来到北京，在日本人开的一家叫作明治糖果厂里做学徒工，学会了做羊羹的手艺。日本鬼子投降之后，明治糖果厂倒闭了，他自己想开个做羊羹的小点心厂，没有本钱，是明冬的爸爸妈妈出资帮助了他，把厂子办了起来。

明冬之所以告诉我这么多，是因为每一年的春节前，他都会到我家送我好多块羊羹，让我和他一起分享他舅舅做的羊羹。我不好意思吃他送来的那么多块羊羹，他才对我说了上面的一番话，意思是说他舅舅每年送的羊羹很多，吃都吃不完，让我不要客气。

说实在的，如果不是明冬，我根本不知道北京城还有这样一种好吃的东西。那时候，家里不富裕，吃的东西很少，小孩子吃的零食，我只吃过铁蚕豆、酸枣面、棉花糖、爆米花，过年的时候，家里买一点儿花生粘和杂拌儿，就是最好的吃食了。第一次吃羊羹，感觉怪怪的，和北京的小点心完全不一样的滋味，有浓浓的红小豆的味道。家里做的豆包儿馅也是煮烂的红小豆，但和羊羹的味道不一样，羊羹要更细腻，更有回味。每一块羊羹，都是长方形，用精致的玻璃糖纸包裹着，比树皮要明亮的一种棕红色的颜色，表面光滑得很，有点儿像我吃过的金糕，但比金糕要更有韧劲,经嚼得很。后来,知道了,这是一种日本的小吃。难怪和北京的点心不一样。

第一次吃明冬送我的羊羹,我还没有上学,以后,每年的春节之前,我都能吃到这种美味的羊羹,一直吃到我上四年级为止。

这一年刚开春的时候,明冬家出了事,他爸爸不知道犯了什么案子,被判了刑,送到东北兴凯湖劳改。明冬家,一直靠他爸爸工作赚钱养家,他妈妈没有工作。他爸爸一走,家里的顶梁柱塌了。他妈妈一下子病倒了,没熬到年底,竟然一病不起,去医院治,最后也没弄清是什么病,死在医院里。

那时候,明冬的姐姐明秋读高三,正在准备明年的高考。家庭的突然变故,让她不知如何是好,只好把希望寄托在唯一的亲戚舅舅的身上,希望舅舅能帮助他们姐弟俩渡过难关。妈妈去世之后,舅舅来过一次,就再也没有露面。生活没有了经济来源,妈妈病逝欠下一屁股债。没有办法,明秋只好退学,没有参加高考,先找到一份工作,在一家街道工厂当会计。

第二年的年底,明秋草草地结婚了,我们谁也不知道男的是什么人,全院的人都替明秋惋惜。听我们院里的大人说,结婚之前,明秋向男方提出的唯一要求,是带弟弟一起住,她要把弟弟抚养成人。结婚以后,明冬和姐姐明秋搬离我们大院。临别的时候,我把从大人那里听来的话,说给明冬听,问他是真的吗?明冬点点头。那时候,我们年龄太小,不懂得世事的沧桑和人生的况味。那一年，我上小学六年级，十三岁；明冬五年级，十二岁；他姐姐明秋，二十一岁。

这一年过春节的时候，我和大院里几个小伙伴商量一起去看望明冬。大家都觉得，比起我们任何一个人，明冬太可怜了。这么小，就没有了妈妈和爸爸，在姐姐家过着寄人篱下的日子。就是那些平常不愿意和明冬一起玩的孩子，对明冬也充满同情，愿意和我一起去看望明冬。

我们一起商量给明冬带点儿什么过年的礼物。大家衣袋里的钱都很少，如果等到过年家长给了压岁钱，会多一点儿，能给明冬买点儿像样的东西。可是，大家都不愿意等到过年，都想在过年之前去看望明冬。最后，大家把衣袋里可怜巴巴的一点儿钱都掏了出来，我说："就给明冬买点儿羊羹吧！他已经两年过年没有吃到羊羹了。"大家都同意，因为都知道每年明冬舅舅送给他家的羊羹，而且，也都吃过他家的羊羹。大家把钱都塞到我的手里，让我去买羊羹。

那时候，我见识很少，知道北京点心铺子很多，但真不知道哪里专门卖羊羹，正经找了好多地方呢。终于买到了羊羹的时候，想象着明冬看到我们拿着这不多羊羹的样子，心里为自己还有些感动呢。

可是，我错了。我还是太小，不懂事。当我和小伙伴一起找到明冬的姐姐家，把羊羹递在明冬的手上的时候，明冬的脸上并没有出现我想象的高兴或感动的表情，相反，一下子就落泪了。

　　好久以后，我在街上遇到明冬，他不好意思地对我说，我知道你们是好意，但你们别怪我，我把你们送我的羊羹都扔了。

//
发小儿就是那把老红木椅子

　　发小儿，是地道的北京话，特别是后面的尾音"儿"，透着亲切的劲儿，只可意会。发小儿，指从小在一起的小学同学。但是，发小儿比起同学来说，更多了一层友谊的意思在内。也就是说，同学之间，可能只是同过学而已，没有那么多的交情可言；而发小儿是在摸爬滚打一起长大的年月中有着深厚友谊一说的。比起一般拥有友谊的朋友而言，发小儿又多了悠长时光的浸透，因为很多朋友，是没有发小儿从童年到老年一直在一起那样漫长时间的。从这一点讲，发小儿和你在一起的时间，可能会比你和父母、妻子、孩子在一起的时间还要长久。

　　正是因为有时间这样的维度，童年的友谊，虽然天真幼稚，却也最牢靠，如同老红木椅子，年头再老，也那么结实，耐磨耐碰，漆色总还是那么鲜亮如昨，而且，有了岁月打磨过的厚重包浆，看着亮眼，摸着光滑，使着牢靠。事过经年之后，发小儿就是那把老红木椅子。

黄德智就是我这样的一个发小儿，不能和一般的小学同学同日而语。小学同学有很多，可以称为发小儿的，只能有一位或两位。我和黄德智从小一起长大，有六十多年的友谊。小时候，他家境殷实，住处宽敞，住在前门外草厂三条一个独门独户的小四合院里，在整个一条胡同里，那是非常漂亮的一个院子，大门的门楣上有镂空带花的砖雕，大门上有一副精美的门联：林花经雨香犹在，芳草留人意自闲。虽然看不大懂，但觉得词儿很华丽。

我家住西打磨厂，离他家不远，穿过墙缝胡同就到。为了放学之后学生写作业便于监督管理，老师把就近住的学生分配到一个学习小组，我和黄德智在一个小组，学习的地方就在他家，学习小组的组长，老师就指定他当。几乎每天放学之后，我都要上他家写作业，顺便一起疯玩。天棚鱼缸石榴树，他家样样东西都足够让我新奇。我第一次有了这样的感觉，同样都是过日子，各家的日子是不一样的。

到他们家那么多次，我从来没有见过他的爸爸，可能他爸爸一直在外面工作忙吧。每一次，出来迎接我们的都是他的妈妈。他妈妈长得娇小玲珑，面容姣好，皮肤尤其白皙，像剥了壳的鸡蛋。后来，我知道了，她是旗人，当年也是个格格呢。她没有工作，料理家里的一切。她说一口地道的北京话，很和蔼客气，看我们一帮小孩子在院子里疯跑，也没有什么不耐烦，相反，夏天的时候，还给我们酸梅汤喝。那是我第一次喝酸梅汤，是她自己熬制的，酸梅汤放了好多桂花，上面还浮着一层碎冰碴儿，非常凉爽，好喝。

  黄德智长得没有他妈妈好看，但是，和他妈妈一样白皙。和我们这些爱玩爱闹的男孩子不大一样，他好静不好动。他没有别的爱好，就是喜欢练书法，这是他从小的爱好。他家有一个老式的大书桌，大概是红木的，反正我也不认识，只觉得油漆很亮，像涂了一层油似的，即使阴天里也有反光。

  那是我第一次见到书桌，因为我家只有一个饭桌，吃饭、写作业都在这个饭桌上。他家的书桌上常摆放着文房四宝，还有那么多支大小不一的毛笔悬挂在笔架上，也是我第一次见到。每一次写完作业，我们这些同学回家，可以在街上疯跑，或踢球打弹，或去小人书铺借书看，他不能出来，被他那个长得秀气的妈妈留在屋子里，拿起毛笔练他的书法。

  在学校里，黄德智不爱说话，默默地，像一只躲在树叶后面的麻雀，不显山不露水。但他的毛笔字常常得到教我们大字课的老师的表扬，这是让他最露脸的时候，我特别为他感到骄傲。我的大字写得很一般，他曾经送过一支毛笔和一本颜真卿的字帖给我，让我照着字帖写，他对我说，他很小就开始临帖了。

有一次，少年宫举办全区中小学生书法展览，他写的一幅书法在那里展览了。我记得很清楚，是写得很大的一幅横幅，用楷书写的六个大字：风景这边独好。展览会开幕那天，我和他一起去少年宫，其实，我不懂书法，对书法也没有什么兴趣，黄德智送我的那支毛笔和那本字帖，我根本就没有动过。但是，有黄德智的书法在那里展览，我当然要去捧场。所以，去那里，主要是看黄德智这六个楷书大字。

那天的展览，我们班上的同学一个也没有去，常到他家写作业的学习小组里的人，一个也没有去。我挺不高兴的，替黄德智愤愤不平。他却说：“你来了，就挺好的了！”这话，让我听后挺感动，我知道，这就是我和他发小儿之间的友谊。看完展览回去的路上，天上忽然下起雨来，开始雨不大，谁想不大一会儿工夫，雨越下越大，我们两人谁也不想找个地方躲雨，一直往前跑。少年宫在芦草园，靠近草厂三条南口，便都觉得离黄德智家不远了，想赶紧跑到他家再说。但是，就这样不远的路，跑到他家的时候，我们都已经被淋得浑身湿透，像落汤鸡了。

他妈妈看见我们两人狼狈的样子，忙去找来黄德智的衣服，非让我换上不可。然后，又跑到厨房去熬红糖姜汤水，热腾腾的，端上来，让我们一口不剩地喝光。

雨停了下来，我穿着黄德智的衣服走出他家的大门，黄德智送我到胡同口，我又想起了刚才喝的那碗红糖姜汤水，问他："都说红糖水是给生孩子的妈妈喝的，你妈妈怎么给咱们喝这个呀？"他笑着说："谁告诉你红糖水只能是生孩子的妈妈喝？"我们两人都忍不住咯咯地笑起来。我从来没有看到过他这样开心的笑呢。

高中毕业，我去了北大荒插队，黄德智留在北京肉联厂炸丸子，一口足有一间小屋子那么大的大锅，哪吒闹海一般翻滚着沸腾的丸子，是他每天要对付的活儿。我插队回来探亲的时候到肉联厂找他，指着这一锅丸子说："你多美呀，天天能吃炸丸子！"他说："美？天天闻这味儿，我都想吐。"可是，他一直坚持练书法，始终没有放弃。我从北大荒刚调回北京那年，跑到他家找他叙旧，他确实没有放弃，白天炸他的丸子，晚上练他的书法。没过几天，他抱着厚厚一摞书来到我家，说是送我的，我打开一看，是人民文学出版社1957年版的十卷本《鲁迅全集》。他说，路过前门旧书店看到的，想我喜欢读书，喜欢写作，就买下了。我问他多少钱，他说22元。那时候，他每月的工资才40多元，我刚要说话，他马上又对我说，接着写你的东西，别放弃！

如今，黄德智已经成为一名不错的书法家，他的作品获过不少的奖，陈列在展室里，悬挂在牌匾上，印制在画册中。前几年，黄德智乔迁新居，我去他新家为他稳居。奇怪的是他的房间里没有看见他的一幅书法作品，我问他，他说觉得自己的字还不行。他的作品一包包卷起来都打成捆，从柜子的顶部一直挤满到了房顶。他打开他的柜子，所有的柜门里挤满了他用过的毛笔。打开一个个盛放毛笔的盒子，一支支用秃的笔堆在一起，如同一座小山。他说起那些笔里面的沧桑，胜似他的作品，就如同树下的根，比不上枝头的花叶漂亮，却是树的生命所系，盘根错节着日子的回忆。其中一段，属于我和他的小学回忆。

一个人，经历了人生种种，会有很多回忆，但发小儿这一段回忆，无与伦比。我说过，发小儿就是那把老红木椅子。一个人，如果老了之后，还能和一个或几个发小儿保持联系，是极其难得的。哪怕你老得走不动道了，有发小儿在，你就有了一把这样结实可靠的老红木椅子，可以安心舒心地靠靠，聊聊天，品品茶，还可以品出人生别样的滋味。

//
被雨打湿的杜甫

初三那一年的暑假,我们都是十五岁的少年。那一年的暑假,雨下得格外勤。哪儿也去不了,只好窝在家里,望着窗外发呆,看着大雨如注,顺房檐倾泻如瀑;或看着小雨淅沥,在院子的地上溅起像鱼嘴里吐出细细的水泡。

那时候,我最盼望的就是雨赶紧停下来,我就可以出去找朋友玩。当然,这个朋友,指的是她。那时候,她住在我们大院斜对门的另一座大院里,走不了几步就到,但是,雨阻隔了我们。冒着大雨出现在一个不是自己的大院里,找一个女孩子,总是招人耳目的。尤其是她家那个大院,住的全是军人或干部的人家,和住着贫民人家的我们大院相比,是两个阶层。在旁人看来,我和她,像是童话里说的公主与贫儿。

那时候，我真的不如她的胆子大。整个暑假，她常常跑到我们院子里找我。在我家窄小的桌前，一聊聊上半天，海阔天空，什么都聊。那时候，她喜欢物理，她梦想当一个科学家。我爱上文学，梦想当一个作家。我们聊得最多的，是物理和文学，是居里夫人，是契诃夫与冰心。显然，我的文学常会战胜她的物理。我常会对她讲起我刚刚读过的小说，朗读我新看的诗歌，看到她睁大眼睛望着我，专心地听我讲话的时候，我特别的自以为是，扬扬自得，常常会在这种时刻舒展一下腰身。

不知什么时候，屋子里光线变暗，父亲或母亲将灯点亮。黄昏到了，她才会离开我家。我起身送她，因为我家住在大院最里面，一路逶迤要走过一条长长的甬道，几乎所有人家的窗前都会趴有人头的影子，好奇地望着我们两个人，那眼光芒刺般落在我们的身上。我和她都会低着头，把脚步加快，可那甬道却显得像是几何题上加长的延长线。我害怕那样的时刻，又渴望那样的时刻。落在身上的目光，既像芒刺，也像花开。

雨下得由大变小的时候，我常常会产生一种幻想：她撑着一把雨伞，突然走进我们大院，走过那条长长的甬道，走到我家的窗前。那种幻觉，就像刚刚读过的戴望舒的《雨巷》，她就是那个紫丁香的姑娘。少年的心思，是多么的可笑，又是多么的美好。

下雨之前，她刚从我这里拿走一本长篇小说《晋阳秋》。现在，我已经完全忘记了这本书是谁写的，写的内容又是什么了。但是，我清楚地记得，是《晋阳秋》。《晋阳秋》是那个雨季里出现的意外信使，是那个从少年到青春季里灵光一闪的象征物。这场一连下了好几天的雨，终于停了。蜗牛和太阳一起出来，爬上我们大院的墙头。她却没有出现在我们大院里。我想，可能还要等一天吧，女孩子矜持。可是，等了两天，她还没有来。我想，可能还要再等几天吧，《晋阳秋》这本书挺厚的，她还没有看完。可是，又等了好几天，她还是没有来。

我有些着急了。倒不仅仅是《晋阳秋》是我借来的，该到了还人家的时候。而是，为什么这么多天过去了，她还没有出现在我们大院里？雨，早停了。

我很想找她，几次走到她家大院的大门前，又止住了脚步。浅薄的自尊心和虚荣心，比雨还要厉害地阻止了我的脚步。我生自己的气，也生她的气，甚至小心眼儿地觉得，我们的友谊可能到这里就结束了。

直到暑假快要结束的前一天的下午，她才出现在我的家里。那天，天又下起了雨，不大，如丝似缕，却很密，没有一点停的意思。她撑着一把伞，走到我家的门前。那时，我正坐在我家门前的马扎上，就着外面的光亮，往笔记本上抄诗，没有想到会是她，这么多天对她的埋怨，立刻一扫而空。我站起来，看见她的手里拿着那本《晋阳秋》，伸出手要拿过来那本书，她却没有给我。这让我有些奇怪。她不好意思地对我说:"真对不起,我把书弄湿了,你还能还给人家吗?这几天,我本想买一本新书的,可是,我到了好几家新华书店,都没有买到这本书。"

原来是这样,她一直不好意思来找我。是下雨天,她坐在家走廊前看这本书,不小心,书掉在地上,正好落在院子里的雨水里。书真的弄湿得挺狼狈的,书页湿了又干,都打了卷。

我拿过书,对她说:"这你得受罚!"

她望着我问:"怎么个罚法?"

我把手中的笔记本递给她,罚她帮我抄一首诗。

她笑了,坐在马扎上,问我抄什么诗,我回身递给她一本《杜甫诗选》,对她说就抄杜甫的,随便选。她说了句"我可没有你的字写得好看",就开始在笔记本上抄诗。她抄的是《登高》。抄完了之后,她忙着站起来,笔记本掉在门外的地上,幸亏雨不大,只打湿了"无边落木萧萧下,不尽长江滚滚来"的那句。她不好意思地对我说:"你看我,在同一个地方摔倒了两次。"

其实,我罚她抄诗,并不是一时的兴起。整个暑假,我都惦记着这个事,我很希望她在我的笔记本上抄下一首诗。那时候,我们没有通过信,我想留下她的字迹,留下一份纪念。那时候,小孩子的心思,就是这样的诡计多端。

读高中后,她住校,我和她开始通信,一直通到我们分别都去插队。字的留念,再不是诗的短短几行,而是如长长的流水,流过我们整个的青春岁月。只是,如今那些信已经散失,一个字都没有保存下来。倒是这个笔记本幸运存留到了现在。那首《登高》被雨打湿的痕迹清晰还在,好像五十多年的时间没有流逝,那个暑假的雨,依然扑打在我们的身上和杜甫的诗上。

//
少年护城河

在我童年住的大院里，我和大华曾经是死对头。原因其实很简单，大华倒霉就倒霉在他是一个私生子，一直跟着小姑过，他的生母在山西，偶尔会来北京看看他，但谁都没有见过他的爸爸，他自己也没见过。这一点，是公开的秘密，大院里的大人孩子都知道。

当时，学校里流行一首名字叫《我是一个黑孩子》的歌，其中有这样一句歌词："我是一个黑孩子，我的家在黑非洲"，我改一改词儿："我是一个黑孩子，我的家不知在何处……"这里黑孩子的"黑"不是黑人的"黑"，而是找不着主儿即"私生子"的意思，我故意唱给大华听，很快就传开了，全院的孩子见到大华，都齐声唱这句词儿。

现在想一想,小孩子的是非好恶就是这样简单,又是这样偏颇,真的是欺负人家大华。

大华比我高几个年级,那时上小学五年级,长得很壮,论打架,我是打不过他的。之所以敢这样有恃无恐地欺负他,是因为他的小姑脾气很烈,管他很严,如果知道他在外面和哪个孩子打架,不问青红皂白,总是要让他先从家里的胆瓶里取出鸡毛掸子,交给她,然后老老实实撅着屁股,结结实实挨一顿揍。

我和大华唯一的一次动手打架,是在一天放学之后。因为被老师留下训话,我走出校门时天已经黑下来。从学校到我们大院,要经过一条胡同,胡同里有一块刻着"泰山石敢当"的大石碑。由于胡同里没有路灯,漆黑一片,经过那块石碑的时候,突然从后面蹿出一个人影,如同饿虎扑食一般把我按倒在地上,然后,一通拳头如雨,打得我鼻肿眼青,鼻子流出了血。等我从地上爬起来,人影早不见了。但我知道,除了大华,不会是别人。

我们之间的仇,因为一句歌词,也因为这一场架,算是打上一个死结了。从那以后,我们彼此再也不说话,即使迎面走过,也像不认识一样,擦肩而过。

没有想到,第二年,也就是大华小学毕业升入中学那一年夏天,我的母亲突然去世了。父亲回老家沧县给我找了一个后妈。一下子,全院的形势发生了逆转,原来跟着我一起冲着大华唱"我是一个黑孩子,我的家不知在何处"的孩子们,开始齐刷刷地对我唱起他们新改编的歌谣:"小白菜呀,地里黄哟;有个孩子,没有娘哟……"

我发现,唯一没有对我唱这个歌的,竟然是大华。这一发现,让我有些吃惊,想起一年多前,我带着一帮孩子,冲着他大唱"我是一个黑孩子,我的家不知在何处",心里有些愧疚,觉得那时候太不懂事,太对不起他。

我很想和他说话,不提过去的事,只是聊聊乒乓球,说说刚刚夺得世界冠军的乒乓球明星庄则栋,就好了。好几次,大家碰到一起,却还是开不了口。再次擦肩而过的时候,我看见他的眉毛往上挑一挑,嘴唇动了动,我猜得出,他也开不了口。或许,只要谁先开口,一下子就冰释前嫌了。小时候,自尊的脸皮,就是那样的薄。

一直到我上了中学,和他一所学校,参加了学校的游泳队,一周有两次训练,由于他比我高几个年级,老师指派他教我总也学不规范的仰泳动作,我们这才第一次开口说话。这一说话,就像开了闸的水,止不住地往下流,从当时的游泳健将穆祥雄,到毛主席畅游长江。过去那点儿事,就像沙子被水冲得无影无踪,我们一下子成为无话不说的好朋友。童年的心思,有时窄小如韭菜叶,有时又是这样没心没肺,把什么事都抛到脑后。只是,我们都小心翼翼,谁也不去触碰往事,谁也不去提私生子或后妈这令人厌烦的词眼儿。

大华上高一的那年春天,他的小姑突然病故,他的生母从山西赶来,要带着他回山西。那天放学回家,刚看见他的生母,他扭头就跑,一直跑到护城河边。那时,穿过北深沟胡同就到了护城河,很近的道。他的生母,还有大院好多人都跑过去,却只看见河边上大华的书包和一双白力士鞋,不见他的人影。大家沿河喊着他的名字,一直喊到晚上,也没能见到他的人影。街坊们劝大华的生母,兴许孩子早回家了,你也回去吧。大华的生母回家了。但还是没见大华的人影。大华的生母一下子就哭了起来,大家也都以为大华是投河自尽了。

我不信。我知道大华的水性很好,他要是真的想不开,也不会选择投水。夜里,我一个人又跑到护城河边,河水很平静,没有一点儿波纹。我在河边站立很久,突然,我憋足一口气,双手在嘴边围成一个喇叭,冲着河水大喊一声:"大华!"没有任何反应。我又喊第二声:"大华!"只有我自己的回声。心里悄悄想,事不过三,我再喊一声:"大华,你可一定得出来呀!"我第三声"大华"落地,依然没有回应,一下子透心凉,我一屁股坐在地上,再也忍不住,哇哇地大哭起来。

就在这时候,河水有哗哗的响声,一个人影已经游到河中心,笔直向我游来。我一眼看出来,那是大华!我知道,我们的友情,这时候才真正开始。直到现在,只要我们彼此谁有点儿什么事情,不用开口,就像真的有什么心灵感应,有仙人指路一样,保证对方会在第一时间出现在面前。别人都会觉得过于神奇，我们两人都相信，这不是什么神奇，是真实的存在。这个真实就是友情。罗曼·罗兰曾经讲过，人的一辈子不会有那么多所谓的朋友，真正的朋友，一个就足够。

//

泥斑马

我们大院的大门很敞亮，左右各有一个抱鼓石门礅，下有几级高台阶。两扇黑漆大门上，刻有一副对联"忠厚传家久，诗书继世长"。虽然斑驳脱落，但依然有点老一辈的气势。在老北京，这叫作广亮式大门，平常的时候不打开，旁边有一扇小门，人们从那里进出。高台阶上有一个平台，由于平常大门不开，平台显得宽敞。

王大爷的小摊儿，就摆在那里，很是显眼，街上走动的人们，一眼就能够望见他的小摊儿。王大爷的小摊儿，卖些糖块、酸枣面、洋画片、弹球、风车、泥玩具之类的东西。特别是泥玩具，大多是一些小猫、小狗、小羊、小老虎的小动物，都是王大爷自己捏出来的，然后再在上面涂上不同的颜色，非常好看，活灵活现，卖得不贵，很受我们小孩子欢迎。有时候，放学后，走到大院门口，我常是先不回家，站在王大爷的小摊儿前，看一会儿，玩一会儿，王大爷望着我笑，任我随便摸他的玩具，也不管我。如果赶上王大爷正在捏他的小泥玩具，我更会站在那里看不够地看，忘记了时间，回家晚了，挨家里一顿骂。

我真的佩服王大爷的手艺，他的手指很粗，怎么就能那么灵巧地捏出那么小的动物来呢？这是最令我感到神奇的事情。王大爷，那时候五十岁出头，住在我家大院的东厢房里。他人很随和，逢人就笑，那时候，别看王大爷小摊儿上的东西很便宜，但小街上人们生活不富裕，买的人不多，王大爷赚的钱自然就不多，只能勉强生活。

王大爷老两口儿只有一个儿子，但是，大院里所有人都知道，儿子是抱来的。那时，他将近三十岁，还没有结婚，在铁路上当司机开火车。和王大爷两口子挤在一间东厢房里。小摊儿挣钱多少，王大爷倒不在意，让他头疼的是房子，儿子以后再找个媳妇，可怎么住呀？一提起这事，王大爷就龇牙花子。

我读小学四年级的时候，之所以记得那么清楚，因为是"大跃进"那一年，全院的人家都不再在自家开伙，而是到大院对面的街道大食堂吃饭。那年春节前，放寒假，没有什么事情，我常到王大爷小摊儿前玩。

那一天，我看他正在做玩具。他看见我走过来，抬起头问我：

"你说做一个什么好？"我随口说了句："做一只小马吧！"他点点头说好。没一会儿的工夫，泥巴在他的大手里，左捏一下，右捏一下，就捏成了一只小马的样子。然后，他抬起头又问我："你说上什么颜色好？"我随口又说了句："黑的！""黑的？"王大爷反问我一句，然后说，"一色儿黑，不好看，咱们来个黑白相间的吧，好不好？"

那时候，我的脑子转弯儿不灵，没有细想，这个黑白相间的小马会是什么样子。等王大爷把颜色涂了一半，我才发现，原来是一只小斑马。黑白相间的弯弯条纹，就像真的能动换，让这只小斑马格外活泼漂亮。"王大爷，您的手艺真棒！"我情不自禁地赞扬着。第二天，我在王大爷的小摊儿上，看见这只小斑马的漆干了，脖子上系一条红绸子，绸子上挂着个小铜铃铛，风一吹，铃铛不住地响，小斑马就像活了一样。

我太喜欢那只小斑马了。每次路过小摊都会忍不住站住脚，反复地看，好像它也在看我。那一阵子，我满脑子都是这个小斑马，只可惜没有钱买。几次想张嘴跟家人要钱，一想小斑马的脖子上系着个小铜铃铛，比起一般的泥玩具，价钱稍微多了点，便把冒到嗓子眼儿的话又咽了下去。春节一天天近了，小斑马虽然暂时还站在王大爷的小摊儿上，但不知哪一天就会被哪个幸运的孩子买走，带回家过年的。一想起这事，我心里就很难过，好像小斑马是我的，但会被别人突然抢去一样，就像百爪挠心一样难受。

在这样的心理下,我干了一件蠢事。那一天,天快黑了,因为临近过年了,小摊儿前站着不少人,都是大人带着孩子来买玩具的。我趁着天暗,伸手一把就把小斑马偷走了。飞快地把小斑马揣进棉衣口袋里,小铃铛轻轻地响了一下,我的心在不停地跳,觉得那铃声王大爷好像听见了。

　　这件事很快被爸爸发现了。他让我把小斑马给王大爷送回去。跟在爸爸的后面,我很怕,头都不敢抬起来。王大爷爱怜地看着我,坚持要把小斑马送给我。爸爸坚决不答应,说这样会惯坏了孩子。最后,王大爷只好收回小斑马,还嘱咐爸爸:"千万别打孩子,过年打孩子,孩子一年都会不高兴的!"

　　就在这一年的夏天,王大爷要去甘肃。那一年,为了疏散北京人口,也为了支援三线建设,为了"大跃进",政府动员人们去甘肃。王大爷报了名,很快就批准了。大院所有的街坊都清楚,王大爷这么做,是为了给儿子腾房子。王大爷最后一天收摊儿的时候,我站在一边,默默地看着他。他看看我,什么话也没说,收摊儿回家了。那一天,小街上显得冷冷清清的。第二天,王大爷走时,我没能看到他。放学回家的时候,看到桌上那只脖子上挂着铜铃铛的小斑马,我的眼泪一下子涌了出来。

　　四十多年过去了,王大爷的儿子,今年已经七十多了,他在王大爷留给他的那间东厢房里结的婚,生的孩子。他的媳妇个子很高,长得很漂亮。他的儿子个子也很高,很漂亮。可是,王大爷再也没有回来过一次。难道他不想他的儿子，不想他的孙子吗？

这么多年来，我多次去过甘肃，走过甘肃的好多地方，每一次去，都会想起王大爷。想起这个让我百思不得其解的问题。当然，也会想起那只泥斑马。尽管过去了那么多年，我还会常常想起王大爷和他留给我的那只泥斑马。我写了一本儿童小说《春雪》，我让王大爷的儿子娶了带着一个上初二女儿的离婚女。我让这个懂事的初二小女孩，知道了王大爷是为了给儿子结婚腾房子而走的事情后，暑假里，不辞长途跋涉，找到了王大爷，把老人家接回家。这是我多年以来一直存在心底的愿望。现实生活中实现不了，就让它在小说里实现吧。

表叔与阿婆

　　北京前门一带多会馆，多是为清朝末年各地进京赶考的秀才修建的。事过经年，几番历史风雨剥蚀，当年书店墨香早已荡然无存，如今各类小房如雨后春笋丛生，成为名副其实的大杂院。

　　粤东会馆便是其中一座，表叔家便是这座大院里的一家。至于为什么唤他表叔，我们大院里的人，谁也说不出个子丑寅卯。几十年来，大院无论男女老少都这样唤他。这称谓透着亲切，也杂糅着难以言说的人生况味。

　　表叔以洁癖闻名全院。下班回家，两件大事：一是擦车，二是擦身。无论冬夏雨雪，雷打不动。擦车与众不同，他要把他那辆自行车调个过儿，车把冲地，两个轮子朝上，活像对付一个双腿朝天不住踢腾得调皮孩子。他更像给孩子洗澡一样认真而仔细，湿布、棉纱、毛巾，轮番招呼，直擦得那车锃亮，能照见人影儿，方才罢手。然后，再去擦身。他从不挂窗帘，永远赤着脊梁，湿毛巾、干毛巾，一通上下左右、斜刺横弋地擦，直擦得身上泛红发热，方解心头之恨一般，心满意足将一盆水倒出屋，从擦车到擦身一系列动作才算完成，绝对是浑然一体、一气呵成，成为大院久演不衰的保留节目。

年近五十的表叔至今独身未娶，这很让全院人为他鸣不平。他人缘儿很好，是一家无线电厂的工程师，院里街坊谁家收音机、电视机出了毛病，都是他出马，手到擒来，不费吹灰之力。

偏偏人好命不济，从年轻时就开始走马灯一样相对象，竟然天上瓢泼大雨，也未有一滴雨点儿落在他的头顶。究其原委，表叔有个缺陷：说话"大舌头"，那说话声儿有些含混。

姑娘一听这声音，便皱起眉头，觉得这声音太刺激耳朵，更妨碍交流。

表叔还有个包袱，实际上是他谈对象始终未成的最大障碍，便是阿婆。院里人都管表叔的老妈妈叫阿婆，这缘由很清爽，老太太是广东人，阿婆是广东人的叫法。自打表叔一家搬进大院，阿婆便是瘫在床上的，吃喝拉撒睡，均无法自理。有的姑娘容忍了表叔的舌头，一见阿婆立刻退避三舍，甚至说点儿不凉不酸或绝情的话。

久经沧海，表叔心静自然凉，觉得天上星星虽多，却没有一颗是为自己亮的,而自己要做一轮太阳,永远照耀着母亲。他能够理解并原谅姑娘拒绝自己的爱,包括对自己舌头的鄙夷,却绝不理解,更难原谅她们对自己母亲的亵渎。虽然,老人瘫在床上,但她这一辈子全是为儿子呀!羊羔尚知跪乳以谢母恩,更何况人呢!

街里街坊都庆幸阿婆有福,虽没得到梦寐以求的儿媳妇,但至少有这么个孝顺的儿子。阿婆总觉得自己拖累了儿子,常念叨:"都是我这么一个瘫老太婆呀,害得你讨不到老婆!"

表叔总这样劝阿婆:"我就是没有老婆也不能没有您。您想想,没有您,能有我吗?"

表叔粗粗的、混沌的声音,一般人听不大清楚,但阿婆听得真真儿的。在阿婆听来,那就是天籁。

阿婆故去时,表叔已经五十多岁了,他照样没有找到对象,照样每天雷打不动地擦车、擦身,只是那车再如何精心保养也已见旧。表叔赤裸的脊梁更见薄见瘦,骨架如车轮上的车条一样历历可数。好心的街坊觉得表叔这么好,说什么也得帮他找上对象。只是,表叔的青春已经随阿婆逝去而逝,难再追回。他不抱奢望,觉得爱情不过是小说和电视里的事,离他越来越遥远,只能说说、听听而已。但是,好心的街坊们锲而不舍,何况十个女人九个爱做媒,且好女人毕竟不只是小说和电视里才有。女人的心最是莫测幽深,有眼眶子浅的,有重财轻貌的,有看文凭像当年看出身一样的……也有看重心地超越一切的。几年努力,街坊们没有白辛苦,终于有一位四十多岁的女人看中了表叔。

表叔却坚决拒绝。起初,谁也猜不透,有说表叔是两分钱的小葱——要拿一把了,也有说一准儿是女人伤透了表叔的心。一直到去年,表叔突然魂归九泉,追寻阿婆而去,人们才明白,表叔那时已经知道自己身患癌症。

表叔留下许多东西无人继承,其中最醒目的是那辆自行车,干干净净,锃光瓦亮。

第 三 部 分

想 念 老 友

赛什腾的月亮

又到中秋节了,不知道柴达木赛什腾山上的月亮,今年①是不是和往年一样的圆?

赛什腾山应该算是昆仑山的余脉,那时候,在青海石油局的冷湖四号老基地,从哪个井队的位置上都可以望到它。望着它,觉得很近,却是望山跑死马,跑到山脚下,至少要花上半天的时间。

那时候,是指1968年。这一年,北京的初三学生甘京生和一批北京的中学生来到冷湖,成为石油工人。那时候,他还不到十八

---

① 指2013年。——编者注

岁。就在那一年的中秋节,井队放假,他和几个同学约好,一上午就从四号老基地出发,往那座已经望了大半年的赛什腾山走去。那座每天都会映入眼帘的赛什腾山,在柴达木明亮得有些刺眼的阳光照射下,有时候会如海市蜃楼一般缥缈,让甘京生对它充满无数的想象。甘京生喜欢幻想,或许这是他从小时候就养成的习惯,他喜欢独自一人望着天空或树林或校园里的篮球架遐想联翩。大概和他喜欢读文学的书籍有关,那些书让他常常禁不住心旌摇荡,天马行空。

否则,他不会和同学约好向那座秃山走去。去之前,师傅就对他说过:"那山上什么也没有,从来就没有人爬上去过,你去那儿干啥?"他还是执意去了,累了一身的大汗,走了整整一个上午,下午一点多的时候才走到山脚边,吃了点东西继续爬,下午四点多的时候,终于爬到了山顶。山上除了有些芨芨草和星星点点的黄色的野花,真的什么都没有,都是一些裸露的灰色石头,仿佛月球的表面,显得那样的荒寂。

但是,甘京生很兴奋,他管这些小黄花叫作赛什腾花,就像老一辈石油人找到了石油把山下那一片井架林立的地方命名为冷湖一样。青春年少能够燃烧激情和幻想,让平凡琐碎的日子焕发出光彩。中秋节的天气在柴达木盆地已经冷了,天黑得也早了。爬上山没有多久,天色就渐渐暗了下来,秋风一吹,有些萧瑟沁凉如水的感觉,同学们都说赶紧下山吧,天再黑下来,下山的路就不好找了。他却坚持要等到月亮出来。"好不容易来一趟赛什腾山，又赶上中秋节，没看到月亮怎么行？"他对同学说。同学只好陪他一起看月亮。

那是甘京生第一次在赛什腾山看到月亮。那赛什腾的月亮，令他一生难忘。他能说出赛什腾的月亮和北京的月亮有什么不一样吗？他说不清楚，只觉得天远地阔，四周一片荒凉，月亮却和照在北京城里一样，那样浑圆明亮地照在这里没有一点儿生命气息的石头和萋萋野草，还有他刚刚命名的赛什腾花上。他觉得月亮真的非常伟大，对世界万物无论尊卑贵贱无论远近大小，都是一视同仁地那样平等。

这是第二年我在北京见到甘京生时，他对我说起中秋节爬赛什腾山看月亮时候讲的话。那一年夏天，他回北京探亲，专程来家看我，从青海回京的途中，他一路下车，不停游玩，在洛阳看过龙门石窟，他还在那里买了几本旧书，带回来送我。

他的这一举动，让我刮目相看，好不容易有了数天规定好的探亲假，还不早早回家，谁舍得把时间浪费在路上，还惦记逛书店，买几本当时看来无用甚至被视为有害的书？他的浪漫之情，和当时的气氛是多么的不谐调。

那是我第一次见到他。他和我弟弟是同学，又同在冷湖为石油工人，他是受弟弟之托来看我的。那一天晚上，他住在我家，我们抵足未眠，秉烛夜谈，聊了很多，他说这番话时，像一个文艺青年。如

第三部分 想念老友

今，文艺青年像一个贬义词了，其实，真正成为一个文艺青年，并不容易，他除了必须具有文艺气质，更需要一颗怀抱对生活和对文学一样真正的赤子之心。这不是装出来的，而是一生的追求。

甘京生难得，是他并不只是在他十八岁那一年心血来潮爬了一次赛什腾山，看了一次中秋节赛什腾的月亮。从那一年开始，每年中秋节他都会爬一次赛什腾山，看一次赛什腾的月亮。20世纪80年代，他调到冷湖石油局中学里当语文老师，兼班主任。他开始带着他班上的学生，每年中秋节爬赛什腾山，看赛什腾的月亮。那些生在柴达木长在柴达木从未出过柴达木的孩子，从来没有特别注意过中秋节的月亮，更没有爬上赛什腾山看月亮的习惯。甘京生当了他们的老师之后，赛什腾的月亮，成为他们日记和作文中的内容，成为他们学生时代最美好而难忘的回忆。他让这些孩子看到了虽旷远荒寂却属于柴达木自己的独特的美。

甘京生离世已经二十多年了。他是因病去世的，他走得太早。如今，他教过的第一批由他带领爬赛什腾山看月亮的学生，已经四十多岁，他们的孩子到了读中学的年龄。不知道还会有哪一位老师带他们爬赛什腾山看中秋的月亮？

赛什腾的月亮！

// //

等那一束光

　　老顾是我的中学同学,又一起插队到北大荒,一起当老师回北京,生活和命运轨迹基本相同。不同的是,他喜欢浪迹天涯,喜欢摄影,在北大荒时,他就想有一台照相机,背着它,就像猎人背着猎枪,没有缰绳和笼头的野马一样到处游逛。攒钱买照相机,成了他那时的梦。

　　如今,照相机早不在话下,专业成套的摄影器材,以及各种户外设备包括衣服鞋子和帐篷,应有尽有。退休之前,又早早买下一辆四轮驱动的越野车,连越野轮胎都已经备好。万事俱备,只欠东风,只要退休令一下,立刻动身去西藏。这是这些年早就盘算好的计划,成了他一个新的梦。

他就是这样一个人,我说他总是活在梦中,而不是现实中,便总事与愿违。现实是,他在单位当第一把手,因为后任总难以到位,过了退休年龄两年了,还不让他退。他不是恋栈的人,这让他非常难受。终于,今年春节过后,让他退休了。这时候,我们北大荒要编一本回忆录,请他写写自己的青春回忆,他婉言拒绝,说他不愿意回头看,只想往前走,他现在要做的事不是怀旧,而是摩拳擦掌准备夏天去西藏。等到夏天,他开着他的越野车,一猛子去了西藏,扬蹄似风,如愿以偿。

终于来到了他梦想中的阿里,看见了古格王朝遗址。这个七百年前就消失的王朝,如今只剩下了依山而建的土黄色古堡的断壁残垣,立在那里,无语诉沧桑般,和他对视,仿佛辨认着彼此的前生今世的因缘。

正是黄昏,高原的风有些料峭,古堡背后的雪山模糊不清,主要是天上的云太厚,遮挡住了落日的光芒。凭着他摄影的经验和眼光,如果能有一束光透过云层,打在古堡最上层的那一座倾圮残败的宫殿顶端,在四周一片暗色古堡的映衬下,将会是一帧绝妙的摄影作品。

他禁不住抬起头又望了望,发现那不是宫殿,而是一座寺庙,白色青色和铅灰色云彩下,显得几分幽深莫测,分外神秘。这增加了他的渴望。

他等候云层破开,有一束落日的光照射在寺庙的顶上。可惜,那一束光总是不愿意出现。像等待戈多一样，他站在那里空等了许久。天色渐渐暗下来，他只好开着车离开了，但是，开出了二十多分钟，总觉得那一束光在身后追着他，刺着他，恋人一般不舍他。鬼使神差地，他忍不住掉头把车又开了回去。他觉得那一束光应该出现，他不该错过。果然，那一束光好像故意在和他捉迷藏一样，就在他离开不久时出现了，灿烂地挥洒在整座古堡的上面。他赶回来的时候，云层正在收敛，那一束光像是正在收进潘多拉的瓶口。他大喜过望，赶紧跳下车，端起相机，对准那束光连拍了两张，等他要拍第三张的时候，那束光肃穆而迅速地消失了，如同舞台上大幕闭合，风停雨住，音乐声戛然而止。

往返整整一万公里，他回到北京，让我看他拍摄的那一束光照射古格城堡寺庙顶上的照片，第二张，那束光不多不少，正好集中打在了寺庙的尖顶上，由于四周已经沉淀一片幽暗，那束光分外灿烂，不是常见的火红色、橘黄色或琥珀色，而是如同藏传佛教经幡里常见的那种金色，像是一束天光在那里明亮地燃烧，又像是一颗心脏在那里温暖地跳跃。

不知怎么，我想起了音乐家海顿，晚年时他听自己创作的清唱剧《创世记》，听到"天上要有星光"那一段时，他蓦地从座位上站起来，指着上天情不自禁地叫道："光就是从那里来的！"那声音长久地在剧场中回荡，震撼着在场的所有人。在一个越发物化的世界，各种资讯焦虑和欲望膨胀，搅拌得心绪焦灼的现实面前，保持青春时分拥有的一份梦想,和一份相对的神清思澈,如海顿和我的同学老顾一样,还能够看到那一束光,并愿意等候那一束光,是幸福的,令人羡慕的。

//
三友图

一

我和老傅是高中同班同学。我们住得很近，我住在胡同的中间，他住在胡同的东口，天天抬头不见低头见。高中毕业那年，赶上"文化大革命"，闹腾了一阵子之后，我们两人都成了逍遥派。天天不上课，整天摽在一起。

除了天马行空地聊天，无事可干，一整个白天显得格外长。我从语文老师那里借来了一套十本的《鲁迅全集》，在前门的一家文具店里，很便宜地买了一个处理的日记本，天天跑到他家去抄鲁迅的书，还让老傅在日记本的扉页上帮我写上"鲁迅语录"四个美术字。

老傅的美术课一直优秀，他有这个天赋。那时，我是班上的宣传委员，每周在教室后面的黑板上出一期板报，在上面画报头或尾花，写美术字，都是老傅的活儿。他可以一展才华，在黑板报上龙飞凤舞。

看我整天抄录鲁迅，老傅也没闲着，找来一块木板，又找来锯和凿子，在那块木板上又锯又凿，一块歪七扭八的木板，被他截成了一个课本大小的长方形的小木块，平平整整，光滑得像小孩的屁股蛋。然后，他用一把我们平常削铅笔的小刀，是那种黑色的，长长的，下窄上宽而扁，三分钱就能买一把——开始在木板上面招呼。我凑过去，看见在木板上他已经用铅笔勾勒出了一个人头像，一眼就看清楚了，是鲁迅。

于是，我们都跟鲁迅干上了。每天跟上课一样，我准时准点地来到老傅家，我抄我的鲁迅语录，他刻他的鲁迅头像，各自埋头苦干，马不停蹄。我的鲁迅语录还没有抄完，他的鲁迅头像已经刻完。就见他不知从哪儿找来一小瓶黑漆和一小瓶桐油，先在鲁迅头像上用黑漆刷上一遍，等漆干了之后，用桐油在整个木板上一连刷了好几层。等桐油也干了之后，木板变成了古铜色，围绕着中间的黑色鲁迅头像，一下子神采奕奕，格外明亮，尤其是鲁迅的那一双横眉冷对的眼睛，非常有神。那是那个时代鲁迅的标准像、标准目光。

我夸他手巧，他连说他这是第一次做木刻，属于描红模子。我说头一次就刻成这样，那你就更了不得了！他又说看你整天抄鲁迅，我也不能闲着呀，怎么也得表示一点儿我对鲁迅他老人家的心意是不是？

望着这帧鲁迅头像，我很有些激动。这是他二十岁也是我二十岁对鲁迅的天真却也纯真的青春向往啊。

二

俊戌也是我高中的同班同学，我们两家住得也不远，出我住的那条老街东口，过马路就是他住的花市上头条。他不怎么爱说话，为人忠厚，在班上不显山显水。我和他熟悉起来，是读高三之后。那时候，他和我一样爱好文学，特别爱读古诗词，说起话来，文文绉绉，古风幽幽，同学给他起了个外号："老夫子"。

论起古诗词，他读得比我多，有时，我向他讨教；偶尔，我们都会写上几首，模仿古人那样，相互唱和，成了彼此的知音。"文化大革命"中，我去北大荒，他留在北京，在人民机器厂上班。我刚到北大荒，他就驰书一封，写诗寄我：难断天涯战友心，区区尺素情谊真；相思只觉天地老，日月应怜相忆人。我读后非常感动，觉得他是重情重义之人。以后，每年从北大荒回家探亲，我们都要聚聚，叙叙友情，一去经年，不觉天人俱老。

1969年冬天，我从北大荒回北京探亲。那时，我弟弟在青海油田当修井工，知道我想买块手表，可那时候手表是紧俏商品，国产表要票券，外国表要高价。我弟弟来信对我说，他有高原和野外工作的双重补助，收入比我高好多，说赞助我多花点儿钱买块进口的表吧。

回到北京，一打听，进口手表也不那么好买，来了货后要赶去排队，去晚了，就买不到了。关键是不知道什么时候来货，我在北京休假只有半个月的时间，心想买表的事告吹了。

俊戌听说后找到我，自告奋勇说："这事交给我了！"我有些不好意思，因为要勤打听，还要去赶早排队，得请假。他对我说："你就甭跟我客气了，谁让我在北京呢！"

前门大街街西紧邻中原照相馆有家亨得利钟表店，多方打听好确切的时间，为万无一失，买上这块表，天还没亮，他就从家里出来，骑上自行车，赶到亨得利钟表店排队，排在最前面，帮我买了块英格牌的手表。那天，下了整整一夜的大雪，到了早晨，雪还在纷纷扬扬地下。

那时候，他自己还没有一块手表。这让我很过意不去，他对我说："你在北大荒，四周一片都是荒原，有块手表看时间方便。我在北京，出门哪儿都看得到钟表，站在我家门前，就能看见北京火车站钟楼上的大钟，到点儿，它还能给我报时呢！"

五十二年过去了，亨得利店没有了。英格老手表还在。

三

老朱也是我中学同班的同学。大家都叫他老朱，是因为他留着两撇挺浓挺黑的小胡子，显得比我们要大，要成熟。他是我们班的团支部书记，主持开支部大会，颇有学生干部的样子，很是老成持重。

高一到农村劳动，我突然腹泻不止，吓坏了老师，立刻派人送我回家。派谁呢？天已经渐渐黑了下来，出了村四周是一片荒郊野地，听说还有狼。老朱说："我去送吧！"他赶来一辆毛驴车，扶我坐在上面，便扬鞭赶出了村。那是他生平第一次赶毛驴车，十几里乡村土路，就在他的鞭下，颠簸着在毛驴车的轮下如流逝去。幸亏那头小毛驴还算听话，路显得好走了许多，只是天说黑一下子就黑了下来，四周没有一盏灯，只有星星在天上一闪一闪，一弯奶黄色的月亮如钩，没有了在天文馆里见到的星空那样迷人，真觉得有些害怕，尤其怕突然会从哪儿蹿出条狼。

一路上，我的肚子疼得很，不时要跳下车来跑到路边蹲稀，没有一点气力说话，只看他赶着车往前走，也不说话，我知道他和我一样也有些怕，前不着村后不着店的，我们像被罩在一个黑洞洞的大锅底下，再怎么给自己壮胆，也觉得瘆得慌。我不知道老朱独自一人赶着那辆小毛驴车是怎样回村的，可以想象荒郊野外，夜路蜿蜒，夜雾弥漫，不是那么容易走的。

童年和少年还没来得及回味，我们就长大了。

1968年夏天，我和老朱去北大荒，离开北京之前，约上老傅和俊戌，一起来到崇文门外的崇文食堂，想如荆轲风萧萧兮易水寒壮别一样，开怀痛饮一番。掏遍了衣袋，只有老朱掏出两角六分，买一瓶小香槟，倒在四只杯中，瓶底还剩下一点儿，老朱说了句文绉绉的学生腔："谁还觉得歉然？"没人说话。老朱举起瓶，将瓶中酒分成四份洒在每人的杯中。我们四人便一起举杯，再无豪言壮语，默默地一饮而尽。从此，悲欢离合一杯酒，南北东西万里程。

　　我和老朱坐着同一列火车离开的北京。那一天，老傅和俊戌说好了，来为我们送行，俊戌早早就来了，哭成了泪人。老傅独自一人要去内蒙古插队，心情格外颓丧，我以为他不会来了。火车拉响了汽笛，缓缓驶动了，才见老傅抱着个大西瓜向火车拼命跑来。我把身子探出车窗，使劲向他挥着手，大声招呼着他。他气喘吁吁地跑到我的车窗前，先递给我那个大西瓜，又递给我一个报纸包的纸包，连告别的话都没来得及说一句，火车加快了速度，驶出了月台。打开纸包一看，是他刻的那帧鲁迅头像。

// //
鲫鱼汤

有些事很难忘记。大学毕业那年暑假，我回了北大荒一趟。那时，知青返乡热还没兴起，我是我们生产队乃至全农场第一个回去的知青，乡亲们都还健在，心气很高。过佳木斯、过富锦、过七星河，我赶回我曾经待过的大兴岛二队的上午，队上已经特意杀了一头猪，在两家老乡家摆出了阵势，热闹得像准备过年。

几乎全队的人都聚集在那里，等着和我一醉方休。我挨个仔细看了一周遭，发现只有车老板大老张没有来。我问大老张哪儿去了？几乎所有人都笑了起来，七嘴八舌地叫道："喝晕过去了呗！得等着中午见了！"

大老张是我们队上有名的酒鬼。一天三顿酒，一清早起来，第一件事是摸酒瓶子,赶车出工的时候,腰间别着酒葫芦,什么时候想喝,就得抿上一口。有时候,去富锦县城拉东西,回来天落黑了,他又喝多了,迷了路,幸亏老马识途,要不非陷进草甸子里,回不了家。

不过,大老张干活不惜力,他长得人高马大,一膀子力气,麦收豆收,满满一车的麦子和豆子,他都是一个人装车卸车,不需要帮手。需要帮手的时候,他爱叫上我。因为他爱叫我给他讲故事,他最爱听《水浒传》。我们俩常常为争谁坐《水浒传》里的第一把交椅而掰扯不清,我说是豹子头林冲,他非要说是阮小二,因为阮小二是打鱼的,他家祖上也是打鱼的。那都是哪辈子的事了?自从他爷爷闯关东之后,他就会赶马车。

那时候,知道我和大老张关系不错,大老张老婆老找我,让我劝大老张少喝点儿。每一次劝,大老张都会说:"停水停电不停酒!"然后,接着雷打不动地喝。

那天午饭,我也没少喝。两户人家,屋里屋外,炕上炕下,摆了好几桌,杀猪菜尽情地招呼,乡亲们问我这个人怎么样,那个人又怎么样,一个个的知青,都关心地问了个遍。就着北大荒酒的酒劲,乡亲们的热情,一浪高过一浪。

午饭快要结束的时候,院子里传来了粗葫芦大嗓门,叫着我的名字:"肖复兴在哪儿了?"一听,就是大老张,这家伙,真的是等到中午才来?早晨的酒劲儿过去了,又接着中午这一顿续上了?

我赶紧起身叫道:"我在这儿!"他已经走进了屋,大手一扬,冲我叫道:"看我给你弄什么来了。"我定睛一看,他手里拎着两条小鱼。那鱼很小,顶多有两寸来长。他接着对我说,"一清早我就到七星河给你钓鱼去了,今天真是邪性,钓了一上午,钓到了现在,就钓上这么两条小鲫瓜子!"说着,他把鱼递给身边的一个妇女,嘱咐她:"去给肖复兴炖汤喝,我就知道你们吃的什么都有,就是没有鱼!"

有人调侃大老张:"我们还以为你喝晕过去了呢!"大老张很是一本正经地说:"今儿我可是一滴酒都还没有喝呢,我说什么也得给咱们肖复兴钓鱼去,弄碗鱼汤喝呀!酒喝多了,鱼怎么钓?"这话说得我心头一热。自从认识大老张以来,这是他第一次一上午滴酒未沾。

鲫鱼汤炖好了,端上来,只有小小的一碗。炖鱼的那个妇女说:"鱼实在是太小了!"大家都让我喝,说这可是大老张的一片心意!这时候,大老张已经喝多了,顾不上鲫鱼汤,只管呼呼大睡。满是胡子茬的大嘴一张一合吐着气,像鱼嘴张开吐着泡泡,浑身是七星河畔水草的气味。

什么时候,有过一个人,整整一个上午,为了让你喝上一碗鱼汤,而专门去钓鱼?我的心里说不出的感动。单木不成林,一个地方,之所以让你怀念,让你千里万里想再回去看看,不仅仅是那个地方让你难忘,更是有人让你难忘。

我永远难忘那碗小小的鲫鱼汤，汤熬成了奶白色，放了一个红辣椒，几片香菜，色彩那样好看，味道那样鲜美。算一算，三十五年过去了，七星河还在，但是，钓鱼的人不在了。那个唯一的上午忍着酒虫子钻心而专心坐在那里，专门为你钓鱼的人不在了。

//
大年初一的饺子

1971年,我被临时调到建三江管理局宣传队创作节目。春节前,宣传队放假,队里的知青都早早回各自的农场或生产队里过年去了。我因一点事情耽误了,想在年三十晚前赶回二队,不耽误大年夜的饺子就成了。如果一切正常,乘公交车一个多小时就到,便胸有成竹。

那时候,是我来北大荒的第三个年头,前两个大年三十的晚上,我们十几个要好的知青,都是到队上的木匠赵温家聚会,拥挤在热烘烘的炕头上,腾出炕下的空地,大概有三五平方米,成为那时我们春晚的舞台,我们就在那里轮流每人有模有样地表演一个节目,唱歌跳舞,或者是清唱样板戏。最后,赵温要伸长了脖子唱一段字正腔圆的京剧。那两个年三十的夜晚，曾经吸引了队上不少的人，特别是邻家的小孩子们，趴在赵温家屋外的窗户上，透过结满冰凌花的窗玻璃，观看我们火爆的演出。我想在三十晚上赶回去就可以了，就可以不耽误饺子，不耽误我自己准备好的节目，看大家的节目。

谁想到年三十天没亮就把我冻醒了，开始以为偌大的宿舍因为就我一人，屋子太旷，要不就是炉子灭了的缘故，起来往窗外一瞧，才知道大雪封门，刮起了大烟泡，漫天皆白，难怪再旺的炉火也抵挡不住寒气逼人。心想糟了，这么冷的天，这么大的雪，去大兴岛的车还能开吗？但是，还是抱着一线希望去了汽车站。那里的人抱着火炉子正在喝小酒，头也没抬，说："还惦着开车呢？看看，水箱都冻成冰坨了！"

我的心一下子也冻成了冰坨。天远地遥，天寒地冻，这个年只好我一人孤零零过了。说心里话，来北大荒三年了，虽然艰苦，但每一个年都是和同学、老乡一起过的，便也都是乐呵呵的，暂时忘掉了思家之苦。现在，就要我独自过年了，漫天飞雪，天又是如此寒冷，而且师部的食堂都关了张，大师傅们都早早回家过年了，连商店和小卖部都已经关门，命中注定，别说年夜饭没有了，就是想买个罐头都不行，只好饿肚子了。

大烟泡儿从年三十刮到了年初一早晨，也没见有稍微停一下的意思。望着窗外寒风呼啸，大雪纷飞，百无聊赖，肚子又空，想家的感觉袭上心头，异常地感伤起来。我一直偎在被窝里，迟迟地不肯起来，睁着眼，或闭着眼，胡思乱想。

大约十点钟的时候，忽然听到咚咚的敲门声，然后是大声呼叫我的名字的声音。由于大烟泡儿刮得很凶，那声音被撕成了碎片，显得有些断断续续，像是在梦中，不那么真实。但仔细听，那确实是敲门声和叫我名字的声音。我非常的奇怪，会是谁呢？在这里，我仅仅认识的宣传队里的人一个个都早走了，回去过年了，其他的，我没有一个认识的人呀！谁会在大年初一的上午来给我拜年呢？

满怀狐疑，我披上棉大衣，跳下了热乎乎的暖炕，跑到门口，掀开厚厚的棉门帘，打开了门。吓了我一跳，站在大门口的人，浑身是厚厚的雪，简直是个雪人。我根本没有认出他来。等他走进屋来，摘下大狗皮帽子，抖落下一身的雪，我才看清是赵温。天呀，他是怎么来的？这么冷的天，这么大的雪，莫非他是从天而降不成？

我肯定是睁大了一双惊奇的眼睛，瞪得他笑了，对我说："赶紧给我倒碗开水喝，冻得我骨头缝里都是风了！"我赶紧从暖水瓶里给他倒了一碗开水，这是我这里唯一可以吃喝的东西了。我赶紧又去拿洗脸盆，想给他倒热水洗把脸，暖和一下。他拦住了我："这时候可不敢拿热水洗脸！"说着，他蹲下来，捡起点儿地上刚刚被抖落的残雪，使劲地擦手擦脸，直到把手和脸擦红擦热，他说："行啦，没事了。你去拿个盆来！"我这才发现，他带来了一

第三部分　想念老友　　　　　　　　　　　　　　　　　181

个大饭盒,打开一看,是饺子,个个冻成了邦邦硬的坨坨。他笑着说道:"可惜过七星河的时候,雪滑跌了一跤,饭盒撒了,捡了半天,饺子还是少了好多,都掉进雪坑里了。凑合吃吧!"

我立刻愣在那儿,望着那一堆饺子,半天没说出话来。这些饺子就不少了,足够我吃几顿了,他可是真没少带呀。我知道,他是见我年三十没有回队,专门来给我送饺子的。如果是平时,这也许算不上什么,可这是什么天气呀!他得多早就要起身,三十多里的路,他得一步步地跋涉在没膝深的雪窝里,他得一步步走过冰滑雪滑的七星河呀。以至事过多年之后,一想起那样的情景,都让我无法不感动,总觉得是一幅北大荒最动人的木刻画。

真的,我过过那么多个春节,吃过那么多次饺子,没有过过那样的一个春节,没有吃过那样的一次饺子。当然,也再没有遇到过那样冷那样大的风雪。

那一天,没有锅煮饺子,我和赵温把一个洗脸盆刷干净,用那只盆底是朵大大的牡丹花的洗脸盆煮的饺子。饺子煮熟了,漂在滚沸的水面上,那一只只饺子像一尾尾银色的小鱼,被盛开的牡丹花托起。

//

椴树蜜

一

1982年，大学毕业那年的夏天，我回北大荒，车子跨过七星河，来到大兴岛，笔直朝南开出大约十里地，开到三队的路口。青春时节最重要的记忆，许多都埋藏在这里。因此，车子刚刚往东一拐弯，我犹豫了一下，是集体的行动，怕影响大家整体行程的安排，但在那一瞬间，话还是忍不住脱口而出："要不让我下车去看看老孙家吧，下午我再到场部找你们。"那声音突然地响起，而且是那样大，连我自己都有些吃惊。

回北大荒看望老孙，一直是我心底里的一种愿望。这种愿望自登上北上的列车，就越来越强烈，在三队路口一拐弯，更加不可抑制。

老孙，是我们二队洪炉上的铁匠，名叫孙继胜。他人长得非常精神，身材高挑瘦削，却结实有力，脸膛也瘦长，双目明朗，年轻时一定是个俊小伙儿，他爱唱京戏，"文化大革命"前曾经和票友组织过业余的京戏社，他演程派青衣。

他是我们队上地地道道的老贫农、老党员，是在我们队上说话颇有分量的一个人。他打铁的时候，夏天爱光着脊梁，套一件帆布围裙，露出膀子上黝亮的腱子肉，铁锤挥舞之中，铁砧上迸溅得火星四冒，像有无数的萤火虫在他身边萦绕着嬉戏。能够找他为自己打一把镰刀，在我们二队是值得骄傲的事情。我曾经到洪炉找过他，请他为我打一把镰刀，他二话没说就答应了，没过几天就忙里偷闲替我打好了。我去洪炉取镰刀时，看到他光着脊梁干活的情景，觉得那是我们队上最美的一幅画。

在二队的时候，我曾经写过一首诗《二队的夜晚》，里面专门写了洪炉夜晚老孙打铁这样美丽的情景。令人欣慰的是，当时，很多知青把这首诗抄在笔记本里，至今居然还有人能够背诵。其实，当时这首诗主要是为了写老孙，是记录我对老孙的一份感情。这份感情，就像洪炉上淬火迸发出火热而明亮的火星一样，发生在1971年的冬天。那一年，我二十四岁。

二

  我和同来北大荒的九个同学，为队里的三个所谓的"反革命"鸣冤叫屈，得罪了队上的头头，他们搬来了工作组，认为我是为首者，便准备枪打出头鸟，先是查抄了我所有的日记和写的所有的诗。他们轻而易举便找出了我写的这样的诗句："南指的炮群，又多了几层。"明明是指当时珍宝岛战役之后要警惕"苏修"对我们的侵犯，却被认为那"南指的炮群"指的是来自台湾，最后上纲到："如果蒋介石反攻大陆，咱们北大荒第一个举起白旗迎接老蒋的，就是肖复兴！"现在再听，跟笑话似的，但从那时起，几乎所有的人都像是躲避瘟疫一样躲避着我。那时候，我知道，厄运已经不可避免，就在前头等着我呢。

  那一天收工之后，朋友悄悄地告诉我，晚上要召开大会，要我注意一点儿，做好思想准备。我猜想到了，大概是要在这一晚上把我揪出来，和那三个"反革命"一勺烩了。因为早好几天前这样的舆论在全队就已经雾一样弥漫开了。队上的头头走路，都情不自禁地鹅一样昂起了头。

  那一天晚上飘起了大雪。队上的头头和工作组的组长都披着军大衣，威风凛凛地站在了食堂的台上，我知道躲过了初一躲不过十五，硬着头皮，强打着精神，来到了食堂。就在前不久，也是在这里，我还慷慨激昂、振振有词地为那三个"反革命"鸣冤叫屈，把当时的会场激荡得沸腾如同开了锅，如今一下子却跌进了冰窖。

我虽然做好了思想准备，心里还是忍不住瑟瑟发抖，我不知道待会儿真的要揪到台上，我会是一种什么狼狈的样子，他们会不会也在我的脖子上挂链轨板？我真的一下子如同丧家之犬，只好无可奈何地等待着厄运的到来。

谁能够想到呢，那一晚，工作组组长声嘶力竭地大叫着，一会儿说阶级斗争的新动向，一会儿重复着说"如果蒋介石要反攻大陆真打过来了，咱们队头一个打白旗出去迎接的肯定是肖复兴……"然后，又非常明确地指着我的名字，又拽出他刚进我们二队时说过的话，说我是过年的猪，早杀晚不杀。总之，他讲了许多，讲得都让人提心吊胆，但是，一直讲到最后，讲到散会，言辞虽然激烈，也没有把我揪到台上去示众。我有些莫名其妙，以为今晚不揪了，也许放到明晚上了？

我坐在板凳上一动不动，等着所有的人走尽了，才拖着沉甸甸的步子走出食堂。我忽然看见食堂门口唯一的一盏马灯的灯光下面，很显眼地站着高高个子的一个人，他就是老孙。雪花已经飘落了他一身，就像是一尊白雪的雕像。

那时，四周还走着好多的人，只听老孙故意大声地招呼着我："肖复兴！"那一声大喝，如同戏台上的念白，不像青衣，倒像是铜锤花脸，字正腔圆，回声荡漾，搅动得雪花乱舞。

紧接着，他又大声说了一句："到我家喝酒去！"然后，大步走了过来，一把拉住我的胳膊，当着那么多人包括队上的头头和工作组组长的面，旁若无人似的把我拖到他的家里。

炕桌上早摆好了酒菜，显然，是准备好的。老孙让他老婆老邢又炒了两个热菜，打开一瓶北大荒酒，和我对饮起来。酒酣耳热的时候，他对我说："我和好几个贫下中农都找了工作组，我对他们说了，肖复兴就是一个从北京来的小知青，如果谁敢把肖复兴揪出来批斗，我就立刻上台去陪斗！"

谁肯艰难际，豁达露心肝？

算一算，快五十年过去了，许多事情，许多人，都已经忘却了，但铁匠老孙总让我无法忘怀。有他这样的一句话，我觉得北大荒所有的风雪、所有的寒冷都变得温暖起来。对于我所做过的一切，不管是对是错，都不后悔。什么是青春？也许，这就叫作青春，青春就是傻小子睡凉炕，明知凉，也要躺下来是条汉子，站起来是棵树。

三

1982年，大学毕业那年的夏天，我回了北大荒一次。回到大兴岛上，第一个找到的就是老孙。那是我1974年离开北大荒和老孙分别八年后的第一次相见。当时，他已经从二队调到三队，正在洪炉上干活，系着帆布围裙，挥舞着铁锤，火星四溅在他身子的周围。一切是那样熟悉，那一瞬间，像是回到那年找他为我打镰刀时的情景。他一眼看到我，停下手里的活儿，我上前一把握住他的手，一句话也说不出,泪水模糊了我的眼睛。

他把活儿交给了徒弟,拉着我向他家走去,一路上,什么话也没有说,只是用他那只结满老茧的大手紧紧握住我的手。那手那样有力、那样温暖。刚进院门,就大喊一声:"肖复兴来了!"那声音响亮如洪钟,让我一下子就想起那年冬天在队上食堂门前风雪中那一声洪钟大嗓的大喝:"肖复兴!到我家喝酒去!"

进了屋,他的老婆老邢把早就用井水冲好的一罐子椴树蜜的甜水端到我面前。一切,真的像是镜头的回放一样,迅速地回溯到以前。自从那个风雪之夜老孙招呼我到他家喝第一顿酒之后,在北大荒的那些日子里,冬天,我没少到他家喝酒吃饭打牙祭。在他家暖得烫屁股的炕头,我没少和他脸碰脸地坐在一起。春天,到他家吃第一茬春韭包的饺子,夏天,到他家喝从井里冰镇好的椴树蜜,是我最难忘的记忆了。

那春韭嫩绿嫩绿,从他家屋后园子里割下来,常常还带着露珠儿,根根亭亭玉立,像从泥土里钻出来的小美人。只要听见老邢在柞木菜墩上剁韭菜馅,就能闻见清新的香味,那种带有春天湿润气息和一种淡淡草药的气味,特别窜,一下子就冲撞进我的鼻子里,然后像长上了翅膀一样,窜得满屋子都是。老邢用她家鸡刚下的蛋,和韭菜和在一起的饺子馅,真的特别好吃。返城以后的日子里,尽管也吃过无数次韭菜馅的饺子,却怎么也比不过老孙家的香。

椴树蜜,是北大荒最好的蜜了,在我们大兴岛靠近七星河底窑的老林子里，有一片茂密的椴树，夏天开白色的小花，别看花不大，但开满树，雪一样皑皑一片，清香的味道，荡漾在整片林子里，会有成群的蜜蜂飞过来，也有养蜂人拿着蜂箱，搭起帐篷，到林子里养蜂采蜜。那时候，椴树开花前后，老孙爱到那片老林子里养几箱蜜蜂，专门整些椴树蜜。他家菜园子里，有他自己打的一口机井，他常常把椴树蜜装进一个罐头瓶子里，然后放进井下面，等收工回来的时候，把椴树蜜从井里吊上来喝，冰凉沁人，是那时候冰镇的最好法子，井就是他家的冰箱。

喝到这样清凉的椴树蜜，岁月一下子就倒流了回去，让你觉得一切都没有逝去，曾经经历过的一切，都可以复活，保鲜至今。

四

如今，又是那么多个年头过去了，我不知道老孙变成什么样子了。算一算，他有七十上下的年龄了。我真的分外想念他、感念他。

又到了三队，模样依旧，却又觉得面目全非，岁月仿佛无情地撕去了曾经拥有过的一切，只是顽固地定格在青春的时节里罢了。在场院上看见了现在三队的队长，是当年我当小学老师时教过的学生，他带着我往西走，还是当年的那条土路，路两旁，不少房子还是当年我见到的老样子，只是更显得低矮破旧，大概前几天下过雨，地翻浆得厉害，拖拉机链轨碾过的沟壑很深，不平的地就更加凹凸不平。由于是大中午，各家人都在屋子里吃饭休息，路上，没有见一个人,只有一条狗和几只鸡,在热辣辣的阳光下寂寞地吐着舌头或刨土啄食。记忆中,1982年来时,也是走的这条路,老孙拉着我的手就往他家走,一路上洪亮的笑声,一路上激动的心情,恍若昨天。

如果没有记错的话,前面就应该是老孙家。不过,在北大荒,各家的房子基本一样,又有那么多年没来了,我不大敢保证,问了一下年轻的队长,队长说就是。正说着,走到老孙家前十来步远的时候,老孙院子的栅栏门推开了,从里面走出来一个女人,正是老孙的老伴老邢,仿佛她就像知道我要来似的,正在出门迎我。我赶紧走了几步,走到她的面前,她有些感到意外,愣愣地望着我。队长指着我问她:"你还认识吗?看是谁?"她只是愣了那么一瞬间,立刻认出了我来,一把抓住我的胳膊,眼泪唰地流了出来,我也忍不住哭了起来,我们俩什么话都没有说出来,只能够感到彼此的手都在颤抖。

走进老孙的家门,她才抽泣地对我说老孙不在了,我从她刚刚的眼泪里就已经意识到了。问起当时的情景。老孙有高血压和心脏病,一直不愿意看病,更舍不得吃药,省下的钱,好贴补给他的小孙子用。那时,小孙子要到场部上小学,每天来回走十六里路,都是老孙接送小孙子上学。两年前的三月,夜里两点,老邢只听见老孙躺在炕上大叫了一声,人就不行了。小孙子整整哭了两天,舍不得爷爷走,谁劝都不行,就那么一直眼泪不断线地流着。

我想象着当时的情景，开春前后，正是心血管病的多发期，三月的北大荒，积雪没有化，天还很冷，就在这间弥散着泥土潮湿地气的小屋里，就在我坐的这铺烧得很热的火炕上，老孙离开了这里，离开了1959年他二十六岁从家乡山东日照支边来到这里就没有离开过的大兴岛。那一年，老孙才六十九岁，他完全可以再活长一些时间。

望着老孙曾经生活过那么久的小屋，我的心里很不是滋味。那年，我来看老孙时，就是在这间小屋里，这么多年过去了，小屋没有什么变化，所有简单的家具，一个大衣柜、一张长桌子，还是老样子，也还是立在原来的老地方。一铺火炕也还是在那里，灶眼里堵满了秫秸秆烧成的灰。家里的一切似乎都还保留着老孙在时的老样子，只要一进门，仿佛老孙还在家里似的，那些简陋的东西，因有了感情的寄托，富有了生命，那些东西还立在那里，不像是物品，而像是有形的灵魂和思念。

一扇大镜框还是挂在桌子上面的墙上，只是镜框里面的照片发生了变化，多了孙子、外孙子的照片，没有老孙的照片，我仔细瞅了瞅，以前我曾经看过的老孙穿着军装和大头鞋的照片，和一张老孙虚光的人头像，都没有了。那两张照片，都是老孙年轻时照的，那张虚光的照片是老孙外出唱戏的时候在富锦县城照相馆里照的。一定是他老伴老邢怕看见照片触景伤情，取下了吧？

我小心翼翼地问老邢："老孙的照片还在吗？"

她说:"还在。"说着,从大衣柜里取出了一本相册,我看见里面夹着那两张照片,还有好几张老孙吃饭的照片。老邢告诉我:"那是前几年给他过生日时照的。"我看到了,炕桌上摆着一个大蛋糕,好几盘花花绿绿的菜,一大盘冒着热气的饺子,碗里倒满了啤酒。老孙是个左撇子,拿着筷子,很高兴的样子。那些照片中,老孙显得老了许多,隐隐约约地,能够看出一点病态来,他拿着筷子的手显得有些不大灵便。

我从相册里取出一张老孙拿着筷子夹着饺子正往嘴里塞的照片,对老邢说:"这张我拿走了啊!"

她抹抹眼泪说:"你拿走吧。"

我把照片放进包里,望望后墙,还是那一扇明亮的窗户,透过窗户,能看见他家的菜园,菜园里有老孙自己打的一眼机井,我那次来喝的就是那眼机井里打上来的水冲的椴树蜜。似乎,老孙就在那菜园里忙乎着,一会儿就会走进屋里来,拉着我的手,笑眯眯地打量着我,如果高兴,他兴许还能够唱两句京戏,他的唱功不错,队里联欢会上,我听他唱过。

那一瞬间,我有些恍惚,在走神。人生沧桑中,世态炎凉里,让你难以忘怀的,往往是一些很小很小的小事,是一些看似和你不过萍水相逢的人物,是一些甚至只有一句却足以打动你一生的话语。于是,你记住了他,他也记住了你,人生也才有了意义,才有了可以回忆的落脚点和支撑点。我一直以为回忆的感动与丰富,才是人一辈子最大的财富。

当我回过神来，发现老邢不在屋里了，我忙起身出去找，看见她在外面的灶台上为我们洗香瓜。清清的水中，浮动着满满一大盆的香瓜，白白的，玉似的晶莹剔透。这是北大荒的香瓜，还没吃，就已经能够闻到香味了。

我拽着她说："先不忙着吃瓜，带我看看菜园吧。"

菜园很大，足有半亩多，茄子、黄瓜、西红柿、豆角……姹紫嫣红，一垄一垄的，拾掇得利利索索、整整齐齐。只是老孙去世之后，那眼机井突然抽不出水来了。这让老邢，也让所有人感到奇怪。有些物件，和人一样，也是有感情的、有生命的。生死相依，一世相伴，有时候，并不只是局限于人。

空旷的菜园里，只有我们两个人，午后的风也凉爽了许多，整个三队安静得像是远遁尘世的隐士。前排房子的烟囱里有烟冒出来，几缕，淡淡的，活了似的，精灵一般，袅袅地游弋着。远处，是蓝天，是北大荒才有的那样湛蓝湛蓝的天，干净得像是用眼泪洗过一样，安静得连蜜蜂飞过的声音都听得见。

那一刻，我的心一阵阵发紧。我才真正地发现，我此次回大兴岛最想见的人，已经看不见了。搂着老邢的肩头，我很想安慰她几句，说几句心里的悄悄话，才发现我的嘴其实很笨拙，说不出什么来，眼泪忍不住又落了下来。

倒是老邢握住我的手，劝起我来："老孙在时，常常念叨你。

可惜，他没能再见到你。他死了以后，我就劝自己，别去想他了，想又有什么用？别去想了，别去想了，啊！你知道，我比老孙小整整十岁，我就拼命地干活，上外面打柴火，回来收拾菜园子……"

想一想，有时候，万言不值一杯水；有时候，一句话，能够让人记住一辈子。年轻的时候，我们并不怎么珍惜青春，年老了以后，我们再来谈青春，往往容易显得矫情和奢侈，但无论怎么说，一个人青春时节奠定的来自民间的情感和立场，却是能够影响一个人的一辈子的。如果说我们的青春真的是蹉跎在那场上山下乡运动中的话，那么，曾经有过这样的一个人，有过这样的一句话，那么，到什么时候，你也要相信，你的青春并不是一无所获。

那天下午，我从三队返回到农场场部的时候，从车上搬下来一大塑料袋子香瓜。尽管队长说到场部也有好多香瓜，就不用带了，老邢坚持一定要把这些香瓜塞上车，让他们一定给我带回来。她说："你们的是你们的，那是我的。"然后，她对我说，"老孙要是在，还能给你带点儿椴树蜜的，老孙不在了，家里就再也不做椴树蜜了，就用这香瓜代替老孙的一点儿心意吧。"一句话，说得我泪如雨下。我已经好久未曾落泪了，不知怎么搞的，那一天，我竟然无可抑制。

一连几天，满屋子都是香瓜的清香。

我和小尹在猪号的日子

冬天猪号的记忆,对于我,总是和那口井,和那口锅,和小尹相连在一起的。

那口井,在猪号前面不远,我最怵头那口井。冬天,井沿结起厚厚的冰如同火山口,又滑又高,爬到井口已经很困难,偏偏打水时又常常把水桶掉进井里,那是我最尴尬的时刻。重新把掉下去的水桶捞上来,要用一个大铁钩子钩住水桶,井很深,挂钩子的井绳子飘飘忽忽的,不听使唤,要想捞上水桶,是比鱼上钩还难的事情。那时,我干活儿真的挺笨的。

每逢这时候,小尹总会出现在我的身后,轻轻地说句:"我来吧。"好像他未卜先知,早知道我笨笨地又把水桶掉进井里。他双手攥着井绳，左右摆动几下，井绳悠悠像蛇一样蠕动着，铁钩就听话地钩住了水桶。每次小尹帮我把桶捞上来，我尴尬面对的常常是他抖动结满冰霜胡茬上宽厚的笑。

我是秋天来到猪号干活儿的，和他在猪号的一间小屋里，已经住了一个多月了。他不爱讲话，我们两人基本上是白天干活儿，晚上睡觉，谁也没什么多余的话。好像在此之前演出的都是哑剧，只有冬天到了，天寒地冻了，大雪飘落了，井口结冰了，水桶掉进井里了，人物才开始张口讲话，活了起来一样。

在我的印象中，小尹的胸前总是系着一个黑胶皮围裙，那围裙很长，几乎拖到了地。他走路像是没有腿，只有上半身飘浮在半空中。

那时候，我刚从建三江师部宣传队灰溜溜地回来，是心情最灰暗的时候，谁也不愿理，哪儿也不愿去，干完活儿，闷头在屋子里看书、写东西。冬天的荒原，显得越发荒凉，却也越发安静。特别是在猪号，远在二队偏僻的一隅，到了夜晚，除了风的呼啸和猪的哼哼叫声，没有一点儿声响，更有一种远离万丈红尘之外的感觉。滤就了几丝凄凉之后，我摆出一副死猪不怕开水烫豁出去的样子，躲进被窝，埋在书本中，打发时间，沉浸在万里荒原之外的想入非非中。我睡得晚，小尹睡得早，我们俩相安无事。那时，还没有电灯，一盏马灯如豆，万里荒原似海，心像是漂泊无根的小船，不知哪里可以拢岸。这是那时我写下的拙劣诗句。

我们住的小屋，和烀猪食大屋是连在一起的，中间只隔着一道木门。烀猪食的大锅硕大无比，猪食是一直在锅里煮着，灶火一直不灭。小尹一觉起来，看马灯还亮着，披衣下炕，跑出小屋。我以为他是跑到外面撒尿，回来的时候总会带来一块热乎乎的烤南瓜，塞在我手里，让我趁热吃。他是早在猪号烀猪食的大柴灶里塞进了南瓜，那种只有北大荒才有的又面又甜的南瓜，烤得喷香，面面的、甜丝丝的，味道很像北京的沙瓤白薯。

每天帮我捞水桶和烤南瓜，让我对小尹心存感激。谁能够几乎每天都这样想着你，帮着你，默默地伸出温暖的援手，像伸出一根缆绳，挽住你飘荡不定东倒西歪不知所以的小船？那一刻，我觉得万里荒原不那么荒凉，一灯如豆也有了跳动的生气。

我就是从这时候开始注意到他，开始和他交谈的。他是从山东跑到北大荒的，那时管这样的人叫盲流，从最开始开发大兴岛住地窨子的时候，他就在我们二队干活儿了，便也就从盲流转正，成为农场正式的农工。他的年龄比我大许多，那时得有三十多了。叫他小尹，是因为他长得个矮，其貌不扬。

小尹的命苦，儿子一岁多一点儿，老婆带着儿子突然不辞而别，甩下他像一条孤零零的老狗。在农村，老爷们儿甩女人可以看作是长脸的事，被女人甩掉是被人看不起的，脸一下子掉到地面上了。一气之下，他只身闯关东来到北大荒。开始在场院里干活，有好事的泼辣女人们常拿他寻开心，甚至当众解开他的裤带，说是看看他里面那玩意儿是不是有毛病，那女人才甩了他？他不吭声，死死地抓住裤子。拽不下来他的裤子，她们就往他裤裆里灌满鼓鼓囊囊的豆子。和我被发配到猪号来不一样，他是主动离开场院，要求到猪号来的——伺候猪八戒，不和那么多人打交道。

当我听他讲述了不凡的经历之后，非常后悔刚到猪号时对他的怠慢。每个人都是一本书，打开来，一页页翻开之后，才会发现每个人活着的不容易。我很惭愧，只是顾影自怜，舔着自己的伤口，没有发现睡在身边的小尹比我还不幸。

小尹是个扎嘴的葫芦，话都憋在心里头，能对我讲述他的伤心往事，很不容易。讲完这番话之后，我们的关系发生了根本性的变化，一下子亲近了许多，即使还像以前一样，一个晚上彼此一句话都不讲，但已经心思相通，知道了彼此心里想的是什么，要说的是什么。他还是早早地睡下，我还是点着马灯写字看书，一觉醒来，他还是起来，跑到外面撒泡尿回来，给我从灶火里拨出一块南瓜。有时候，他跑回来，躺在炕上睡不着，就抽一袋关东烟，问我一句："呛不呛你？"我说句："你抽你的，不碍事！"然后，不是我不知道他什么时候睡着了，就是他不知道我什么时候睡着。我们就这样相敬相近，两不相扰，我看我的书，写我的东西，他想他的心事，抽他的烟。

日后，我常常想起在猪号冬天的那些日子。在那些寂静的夜晚，朔风呼啸，大雪弥漫，都是万籁俱寂，静得你只能感受到夜的深处和荒原深处隐隐的律动，像是呼吸一样轻微而均匀，烟一样笼罩在你的心头，仿佛有女人的手心或鼻息似的，柔和地抚摩着你、吹拂着你，呵气如兰的那种感觉，让你哪怕是没有笼头的野马一样的心，也俯首帖耳地安静了下来。在以后的日子里，我再也没有如同于猪号里度过的那样安静的日子。我才发现，喧嚣其实是容易的，安静却是很难的，那需要天时地利人和的综合作用。

我也常常想起关东烟的味道。我不抽烟，但那关东烟的味道，说不上好闻，而是一种让我难忘的味道。只要一想起它的味道，我就立刻被拽回到猪号的日子，小尹，便系着拖地的围裙，浮现在我的身边。

很久很久以后，我听正读高一的儿子在房间里大声高唱一首叫作《味道》的流行歌曲，唱到这样几句歌词的时候：想念你的笑，想念你的外套，想念你白色袜子……和手指淡淡烟草味道……不知怎么搞的，心里一热，很有些感动，禁不住想起了小尹。

想起小尹，不仅他手指间关东烟浓烈呛人的味道，还有那一年刚刚开春时节他从草垫子里抱回来的一只兔子，那是一只受伤的野兔。那时，积雪还没有化干净，春寒料峭，风还很硬。那只受伤的兔子，躺在猪号外面的荒草丛中，灰色的毛间有已经发黑的血迹。小尹放猪的时候，发现了它，把它抱了回来，在猪号烀猪食的大屋里，用破木板替它搭了个窝。每天，小尹有活儿干了，找些冻白菜叶子和胡萝卜，或者从猪食里拨拉出来兔子能吃的玩意儿喂它，甚至拿来南瓜喂它,甭管吃不吃,有了小尹操不完的心和好多说不出的乐。每天夜里起来跑到外面撒完尿回来,也不会忘记看看他宝贝的兔子。屋子很大,又暖和,野兔的伤很快就好了,能够满屋子跑,追着小尹玩了。那是小尹最开心的时候。

一个来月之后,记得正是最后一场埋汰雪下过并化干净之后,那天清早起来,小尹照旧先去看他的宝贝兔子。那只野兔已经跑了,屋里屋外,我陪小尹找了一圈,也没有找到。不知它是怎么拱开了大门,跑了出去的。小尹自责说都怪自己,肯定是半夜跑出去撒尿回来没把门关好!然后,他又自我宽慰地说,早晚得走,这儿又不是它的家!尽管这样说,我看得出来,小尹心里有点儿伤感,挺舍不得的。

1974年,我离开北大荒的时候,小尹还在猪号喂猪。1982年,我重返北大荒,回到队里,找不到猪号了,那里只剩下一片茂密的野草。我很想念分别八年的小尹,打听他的下落,知道他到场部打更去了。我折回场部找他,他家的门敞开着,好像知道我要来似的。我大叫一声:"小尹!"出门的是个二十来岁的小伙子,对我说:"我爹不在。"

我愣在那里,小尹的儿子找到了!这个比小尹高出一头的小伙子,真的就是他的儿子吗?我简直不敢相信。我告诉小伙子,我是你爸爸一起在二队猪号干活儿的好朋友,让你爸回来晚上到场部的招待所找我,说我很想念他。说完这番话以后,我发现,小伙子无动于衷，愣愣地站在那里，好像他也不相信出现在他面前的我，真的是他爸爸的朋友。

天还没擦黑，小尹就跑到招待所找到我。那一晚，因为第二天我就要离开大兴岛，陆陆续续来叙旧告别的人很多，他一直默默地坐在旁边，等别人走尽，只剩下我们两人，他站起来，说："快歇着吧，你也怪累的了。"我说我不累，使劲儿拉他，他还是转身走出屋。

我跟着他一起走出屋，递给他一包从北京带来的香烟。他说他不抽，我以为他抽惯了关东烟，不习惯这种香烟。一问，才知道他已经戒烟了。儿子来找到他之后，他就戒烟了。"省点儿钱，给他娶媳妇用。"说完这话，他笑了，笑得有些腼腆，像个小孩子。

我又问他："媳妇呢？怎么没跟孩子一起来？"

他说："儿子来了就行了！"

那一晚，星星特别多，低垂着，仿佛一伸手就能摸得到。站在明亮的星空下，很想和他多待一会儿，问问他新的生活。他却一再催促我回屋，不断说着同样的话："快歇着吧……"然后，转身离开了。望着消失在灿烂星光月下他瘦小的身影，我心里替他高兴，他说得也对，毕竟儿子来了，父子团圆了，这是他在这个世界上唯一有血缘关系的亲骨肉。有了年轻的儿子，再衰老的父亲也有了依托和支撑，日后的日子会逐步好起来的。

回到屋里，我才发现床头柜上放着一个大海碗，一看，是几块

第三部分　想念老友

烤地瓜，尽管已经凉了，在灯光下，油光发亮，闪动着黄中泛红的光斑，散发着丝丝的甜味儿。这是记忆中的颜色和味道。

我没有想到，这竟然是我见到他的最后一面。

2004年，我重返大兴岛，打听小尹的消息，乡亲告诉我，他已去世多年。他死得非常惨，是死在自家的炕上两天之后，才被人发现。

我问：他的儿子呢？他的儿子早奔到外面挣钱去了！乡亲说完，和我一起运气。要这个儿子有什么用，跟他妈妈一样，拔腿就走，就那么不管不顾，把小尹像条丧家犬一样孤零零地抛在家里。

有时，我会想，小尹还真不如一直在喂猪，起码还有一群猪八戒能够陪着他。

如今站在大兴岛上，我再也找不到小尹了。就像再也找不到小尹为我烤的南瓜，再也找不到猪号的那口井，再也找不到猪号一样。再也找不到那些风雪呼啸或星光灿烂的夜晚，再也找不到那些春寒料峭或埋汰雪尽后的野兔子。我会一阵阵感到莫名的悲伤。一切逝去的人和物，真的都不可能还魂似的重现在今天的面前了吗？

小尹！我的猪号睡在一铺热炕上的朋友小尹！

豆秸垛赋

在北大荒，豆秸垛和麦秸垛，是秋天和夏天的两种意象。不过，我只留意过豆秸垛，没有怎么留意麦秸垛。那时候，我们二队每家的房前屋后最起码都要堆上一个豆秸垛，很少见有麦秸垛的。我们知青的食堂前面，左右要对称地堆上两个豆秸垛，高高的，高过房顶，快赶上白杨树高了。这些豆秸，要用整整一年，烧火做饭、烧炕取暖，都要靠它。麦秸垛，一般都只是堆在马号牛号旁，喂牲畜用，不会用它烧火做饭取暖，因为它没有豆秸经烧，往灶膛里塞满麦秸，一阵火苗过后，很快就烧干净了，只剩下一堆灰烬，徒有热情，没有耐力。

返城后很多年，看到了凡·高的速写，和莫奈以及毕沙罗的油画,很多幅画的是麦秸垛,一堆堆、圆乎乎、胖墩墩,蹲在收割后的麦田里,闪烁着金子般的光。才发现麦秸垛挺漂亮的,只不过当初忽略了它的存在。只顾着实用主义的烧火做饭烧炕取暖,不懂得它还可以入画,成为审美的浪漫主义的作品。

后来看到文学作品,大概是铁凝的小说,她称麦秸垛是矗立在大地上女人的乳房。这样的比喻,我从来没有想到过,尽管我在北大荒经历过好几年麦收。但我不得不承认,这个比喻新鲜,充满乡土气息和人情味,让我忍不住想起当年在北大荒一望无际的麦田里,弯腰挥舞着镰刀也抖动着大乳房的当地能干的妇女。

再后来,看到聂绀弩的诗,他写的是北大荒的麦秸垛:"麦垛千堆又万堆,长城迤逦复迂回,散兵线上黄金满,金字塔边赤日辉。"他写得要昂扬多了,长城、黄金和金字塔一连串的比喻,总觉得压在麦秸垛上,会让麦秸垛力不胜负。不过,也确实让我惭愧自己当年在北大荒收麦子时缺乏这样的想象力。

但是,对于豆秸垛,我多少还是有些想象的,那时看它圆圆的顶,结实的底座,阳光照射下,一个高个子胖胖的女人似的,健壮挺拔,丰乳肥臀,那么给你提气。当然,比起麦秸垛的金碧辉煌,豆秸垛灰头灰脸的,像土拨鼠的皮毛。只有到了大雪覆盖的时候,我才会为它扬眉吐气,因为那时候,它像我儿时堆起的雪人,一身洁白,站在各家的门前,像守护神。

用豆秸,是有讲究的。会用的,一般都是用三股叉从豆秸垛底下扒，扒下一层，上面的豆秸会自动地落下来，自动而有节奏地填补到下面来，绝对不会自己从上面塌下来。在这一点上，无论绘画还是文学再如何美化的麦秸垛，都无法与之相比。很简单，如果是麦秸垛，早就像一摊稀泥一样，坍塌得一塌糊涂，因为麦秸太滑，又没有豆秸枝杈的相互勾连。所以，就是一冬一春快烧完了，豆秸垛都会保持着原来那圆圆的顶子，就像冰雕融化时候那样，即使有些悲壮，也有些悲壮的样子，一点一点地融化，最后将自己的形象湿润而温暖地融化在空气中。

因此，垛豆秸垛，和垛麦秸垛，是完全两回事。垛豆秸垛，在北大荒是一门本事，不亚于砌房子，一层一层的砖往上垒的劲头和意思，和一层一层豆秸往上垛，是一个样的，得要手艺。大豆收割完了之后，一般我们知青能够跟着车去地里拉豆秸回来，但垛豆秸垛这活儿，得等老农来干。在我看来，能够会垛它的，会使用它的，都是富有艺术感的人。在质朴的艺术感方面，老农永远是我的老师。

不能怪我偏心眼儿，对豆秸垛充满感情。这样的感情，不仅来自艺术感方面，也来自情感方面。

我从北京来到北大荒第二年，刚刚入秋的时候，厄运降临在我的头顶。因为为队上三位被冤屈的当地老农鸣不平，队上头头联手工作组的组长，在全队大会上说我是过年的猪早杀晚不杀。一时，黑云笼罩，我成了不可救药的坏蛋，二队几乎所有的人都不敢再理我，躲我唯恐避之不及。

那一年的秋收，便成为我一个人的秋收。那时，每天天不亮，就要顶着星星，出工割豆子，每人一条垄。一条垄，八里长，割完一条垄，快手能赶在日头落前，慢手得要到月亮出来了。

我属于慢手，常常是全队的人都割完，收工回家吃晚饭了，我还撅着屁股，挥着镰刀，在地里忙乎着。直直腰身，望望还是一眼望不到头的豆地，黑乎乎地笼罩在迷蒙的月光中，心里涌出一种绝望的感觉。偌大的豆子地里，只剩下我孤零零的一个人，秋风掠过豆秸梢，干透的豆子在豆荚里哗啦啦直响，想起去年秋收第一次割豆子时自己曾经写过的"大豆摇铃"之类的诗句，不禁哑然失笑。

这倒不是工作组或队上的头头对我有意的惩罚，每个人都是割一条垄，只能怪我手太笨，干农活实在不行。但是，没有一个人肯伸把手帮我一下，即使连平常和我关系还不错的人，都不见了踪影，只是将他们怜惜的心情在暗中传递，不敢明里伸出援手。这让我感到有些悲哀，有一种天远地远孤零零被抛弃的感觉。

有一天晚上，由于头天刚下过一场雨，地里有些泥泞，割豆子便更显得艰难。人们都已经收工了，我还在豆地里盘桓。上弦月早就升起来，由于有雾，光线不亮，朦朦胧胧地洒在已经结霜的豆秸上，斑驳之中，银光闪闪的，像眼泪晶莹地在闪烁。已经是阴历的九月初，北大荒的天气很冷了，晚风吹过，更多凉意和凄清的感觉。豆秸上有刺，上霜后变得坚硬扎人，我没有戴手套，手心手背扎得火燎一样疼。

咬咬牙，还得继续往前割，一定要割到头，否则更会遭人嘲笑。现在想想，那一晚的情景，多少有些悲凉，一片割不完的豆地，一弯凄清的月牙，一个孤独的人影，真的，还不如把我关在草棚里写检查更好受些。

就在这时候，我听见前面不远的地方传来了唰唰的声音。起初，我以为是风渐大了，吹过豆秸的声响；但仔细听，不像，因为那唰唰的声音很有节奏。我站在豆地里，有些奇怪，想再好好听听，怕是钻出来一条獾或狐狸。这在北大荒的秋夜里，是常有的事。

很快，一个人头在豆秸上浮动，是一头长长的秀发，暗淡的月光下勾勒出朦胧的轮廓。是个女人。很快的速度，她前面的豆子纷纷倒地，她扬起脸来，站在我的面前，笑了，露出两颗小虎牙，秀气的脸上淌着汗珠，月光下，晶莹透亮。娇小玲珑的身材，和四围阔大无边的豆地和幽幽的黑夜，对比得那么不成比例，那么醒目。

我认出她来，是刚从北京到我们队上六九届的小知青，那一届的北京学生，连锅端，都去各地插队，她班上大多同学来到我们二队。她刚到我们队才两个多月，我没有和她说过一句话，甚至叫不出她的名字。很久很久以后，她对我说，她刚来到我们队上，第一次见到我时，是我独自一人坐在树下笨手笨脚地缝衣服，我们队上的农业技术员老韩远远地指着我对她说："他是北京二十六中的高中生，很有才，工作组正整他！"就是这简单的"很有才"三个字害了她,让她竟然割完了自己的那一垄豆子之后,又跑过来帮助我割。

我在北大荒整整六年,割过很多次豆子或麦子,这是第一次也是唯一一次有人帮助我割豆子。是这样一个娇小的小姑娘,刚来我们队两个多月的小姑娘,和我从来没有说过话的小姑娘。

割完了一垄豆子,要往回走八里地,才能回到队上吃晚饭。路上,她把她手上戴着的一副手套递给我,说豆子扎手,戴上手套好些。我看看手套,是一副白线手套,但每个手指上都粘有一小块黑色的胶皮。刚要对她说:"给了我,你戴什么?"她就说话了:"我还有。"就这样,我们一起走了八里地的夜路,上弦月在我们的头顶,无边的荒原,在我们的脚下。我们再没有说一句话,就这样默默地走着。

那时候,我不知道,她更不知道,为此她要付出代价。

事后,我才知道,因为她和我的接触,引起队上头头和工作组的注意。他们的联想和想象力,远比我更为丰富。一对年轻男女在旷野豆地又是在幽暗的黑夜里的相遇,八里地的长途漫步,以后又频繁往来,接下来发生的事情,不是顺理成章,还要费口舌再去说吗?男女关系,在那个时代里,是一件最见不得人的事情,也是最容易置人于死地的撒手锏。

于是,工作组找她谈话,为了增加震慑力,也为了确保一战功成,工作组特意请来了农场保卫处的处长坐镇。如果这个男女关系的问题坐实，我就真的成了一头过年的猪，只能老老实实引颈等候处理的那最后一刀了。

那一晚，是数九寒冬北大荒最冰冷的时候，纷纷扬扬的大烟泡儿，没有阻挡保卫处处长从十六里外的农场场部赶到我们的队上。在和知青宿舍一道之隔的队部里，一盏昏黄的马灯前，保卫处的处长、工作组的组长、我们二队的队长，几个大老爷们儿，对付一个娇小的小姑娘。尤其让我无法想到的是，保卫处的处长居然掏出他的手枪，一把拍在桌子上，叫喊着，非要让她交代出和我有男女关系的事情。尽管她知道这不过是为了吓唬她而用的道具，她还是被吓得直哭。再逼问她，她说了句："根本没有的事，我交代什么。"任凭他们怎么红白脸轮番上阵，她只是哭，再不说一句话。

在政治化的年代里，即使再偏远的地方，余波荡漾中，人心也容易被扭曲。在压力面前，有人选择顺从，有人选择屈服，有人选择背叛，有人选择躲避，有人选择坚持。并非清者自清，浑浊泛滥之下，清水也能被搅浑，脏水也可以浇在自己的头顶。那一年，我二十二岁，她还不到十七岁。很多时候，我会想，如果那个风雪呼啸的夜晚，在那盏昏黄的马灯下，那把拍在桌子上的手枪前，换成是我，我会怎么样？我能和她一样吗？

我们二队的队部，在以后的日子里，包括我在二队的时候，也包括1982年和2004年我两次重返北大荒回到我们二队，路过它的时候，我都没有再进去过。我对它充满厌恶，在我的眼里，它成为那个特殊年代的象征。难道不是吗？可以在毫无根据的凭空想象中随便质问一个人男女关系的事情吗？而且，可以毫无顾忌地拍出手枪吓唬一个还不到十七岁的小姑娘？

由于她的坚持，我幸免于难。

第二年，刚刚开春的一个黄昏，我独自一人拿着饭盒，依然如丧家犬一样，垂着头往队上的知青食堂走，忽然觉得四周有许多眼睛聚光灯似的都落在我的身上。那种感觉很奇怪，其实我并没有抬头看什么，但那种感觉像是毛毛虫似的，一下子爬满我的全身。抬头一看，在我前面不远食堂的豆秸垛旁，站着一个姑娘，手里拿着一个铝制的饭盒。我不敢确定，她是不是在那里等着我。

是她，她可真会找地方，她身后的豆秸垛，是那样醒目，让我想起秋收她帮我割豆子接垄时相遇的那个结霜的夜晚。似乎那是一场戏的开头，这时候收割完的豆秸垛起来的豆秸垛，成了她特意选择的一个明亮的收尾。

那一刻，那个褐色有些像是经冬后发旧狍子皮的豆秸垛，被晚霞照得格外灿烂，映照得像着了火一样的红。

食堂前是两大排知青宿舍，那一刻，宿舍所有的窗户都打开了，从里面探出了一个个脑袋，露出了一双双惊愕的眼睛，望着我们，仿佛要演什么精彩的大戏。我的心里有些发毛，觉得芒刺在身，站在那里一动不动。她就那样向我走了过来，在众目睽睽之下，一直走到我的面前。我的脑子里一片空白，只是在想她的胆子也太大了,这种时候还敢和我那么亲热地讲话,就不怕沾包儿吗?

那时候,她才刚满十七岁啊。

什么叫作旁若无人?那一刻,我记住了这句成语,也记住了她和那个北大荒落日的黄昏,并且记住了那个在晚霞映照下像是着了火一样的豆秸垛。

那是1970年的春天,五十一年前的春天。北大荒的豆秸垛!

//
草帽歌

那年的夏天,我在5号地割麦子。北大荒的麦田,甩手无边,金黄色的麦浪起伏,一直翻涌到天边。一人负责一片地,那一片地大得足够割上一个星期,抬起头是麦子,低下头还是麦子,四周老远见不着一个人,真的磨人的性子。北大荒有句俗语:"割麦、和泥、垒大坯,是属于磨性子的三大累活。"

那天的中午,日头顶在头顶,热得附近连棵树的阴凉都没有。我吃了带来的一点儿干粮,喝了口水,刚刚接着干了没一袋烟的工夫,麦田那边的地头传来叫我名字的声音,麦穗齐腰,地头地势又低,看不清来的人是谁,只听见声音在麦田里清澈回荡,仿佛都染上了麦子一样的金色。

我顺着声音回了一声："我在这儿呢！"顺便歇会儿，偷点儿懒。径直望去，只见麦穗摇曳着一片金黄，过了好大一会儿，才渐渐地看见麦穗上飘浮着一顶草帽，由于草帽也是黄色的，和麦穗像是长在了一起，风吹着它一路船一样飘来，在烈日的直射下，如同一个金色的童话。

走近一看，原来是我的一个女同学。她长得娇小玲珑，非常可爱，我们是从北京一起来到北大荒的，她被分在另一个生产队，离我这里三十六里地。她是刚刚从北京探亲回来，家里托她给我捎了点儿吃的东西，她怕有辱使命，赶紧给我送来。队里的人告诉她我正在5号地割麦子，她又马不停蹄地跑到了麦地里。当然，我心里明镜似的清楚，那时，她对我颇有好感，要不也不会有那么大的积极性。

接过她捎来的东西，感谢的话、过年的话、玩笑的话、扯淡的话、没话找话的话……都说过了之后，彼此都拘着面子，又不敢图穷匕首见，道出真情，便一下子哑场，到告别的时候了。最后，我开玩笑对她说："要不你帮我割会儿麦子？"她说："拉倒吧，留着你自己慢慢地解闷吧。"便和我告别，连个手都没有握。

麦田里，又只剩下我一个人，无边翻滚的麦浪，一层层紧紧拥抱着我，那不是恋人的爱，而是魔鬼一般的磨炼，磨退一层皮，让你感觉人的渺小，然后渐渐适应，让别人说你成熟。

大约过去了一个小时，身后的麦捆都捆好了好多个，战俘一样七零八落地倒伏着。忽然，地头又传来叫声，还是她，还是在叫我的名字。我回应着她，趁机又歇会儿。过了一会儿，我看见那顶草帽又飘了过来，她一脸汗珠地站在我的面前。

我不知道她来回走了八里多地折回来干什么，心里猜想会不会是她鼓足了勇气要向我表达什么了，一想到这儿，我倒不大自在起来。

她从头上摘下草帽，一头热汗蒸腾的头发像是刚刚揭开锅的笼屉。她把草帽递给我说："走到半路上才想起来，多毒的日头，你割麦子连个草帽都没有！"然后，她走了，望着她的身影在麦田里消失，完全融化在麦穗摇曳的一片金色中，我没有找出一句话，我总该对人家说一句什么才好。

往事如烟，过去了将近四十年，日子让我们一起变老，阴差阳错中我们各奔东西。但是，常常会让我感慨，有时候，你不得不承认，无论是在记忆里，还是在现实中，友情比爱情更长久。

// //
白桦树皮诗笺

来北大荒的第一年冬天,在七星河南岸修水利,我们知青被分配住在当地一个叫底窑的小村子里的各个老乡家。我住一家跑腿子的窝棚,东北话管单身汉叫作跑腿子。他的家空荡荡的,除了一铺热炕和炕上的一个小炕桌,再有外屋连着炕的一个锅灶,没有其他的陈设。

他有四十多岁的样子,长得像头生牤子一样壮实,不大爱说话。那时候,知青住在谁家,每天晚上收工后的晚饭,就在谁家吃,最后统一给饭钱。他做饭很简单,没有什么好吃的,但有馒头大碴子粥,有酸菜炖土豆,能吃饱肚子。盘腿坐在炕桌前吃饭的时候,他爱喝两口老酒,顺便给我也倒上一盅。没有什么下酒菜,他一般就着干辣椒下酒。一口辣椒一口酒,看着就辣得慌,他却非常享受,嘴唇沾着红红的辣椒末,一张嘴像在喷火。在北大荒,除了他就辣椒下酒,我没见过第二位。

这个小村处在一座原始次生林的边上,风景很优美。老林子里什么树都有,最漂亮的是一片白桦林。这只是当时我浅薄的认识而已,因为除了松柏和杨柳,我只认识白桦,并不认识其他的树木。其实,柞树、椴树、青冈树、黄檗罗树,也都很漂亮,都是后来才认识的。觉得白桦林最漂亮,主要还是从书中得到的先入为主的印象。没来北大荒之前,读过俄罗斯好多诗人的诗歌,他们都把白桦林写得美不胜收,让我对白桦林充满向往和想象。在想象力的作用下,一切都染上了青春时节想入非非的色彩。

那时候,我喜欢写诗。记不清在俄罗斯哪位诗人那里看到他将诗写在白桦树皮上,心里特别向往,也想把自己的诗写在白桦树皮上,寄给远方的朋友,该会让朋友多么惊喜。那一年,我二十一岁,却依然稚气未脱,充满着那个时代所批判的小布尔乔亚的浪漫情怀,或者如同当地老乡谐谑的,不过是傻小子睡凉炕,全凭火力壮。

收工早时,或歇工时,我一个人悄悄地溜进林子里,寻找白桦林。积雪很厚,没过脚脖子,踩在脚下咯吱吱的像碎玻璃在响。阳光从密密的树枝缝隙筛下来,一绺一绺的,如同舞台天幕上打下来的散射的光柱,映照得远处的白桦林一闪一闪的,每一棵白桦树都像是穿着长筒白靴子的长腿美女，亭亭玉立地在那里等待着出场。白桦树皮很好从树上剥下来，有的已经干裂有口子，可以不用小刀，用手就能直接剥下来。不一会儿，就剥下好多，我选择了两块平整厚实的白桦树皮，带回跑腿子窝棚。

那时候，我爱用鸵鸟牌天蓝色的墨水，天蓝色的诗句，抄写在洁白的白桦树皮上，一下子就洇开了，每一个字立刻像花朵绽开了花瓣，让那些字有些变形，变得不大像我写的，好像白桦树皮是个魔术师，让我写下的诗句变换了另一种模样粉墨登场。这让我觉得特别好玩，想象着寄到远方朋友那里，朋友看到后惊讶的表情，心里满是喜悦，忘却了修水利的辛苦和寒冷。如果说诗是当时艰苦生活之中的一种顾影自怜的自我慰藉；那么，写在白桦树皮上的诗，更是对苦涩的青春时节的一种诗化、幻化，甚至是自以为是的美化。不过，尽管显得有些可笑，却毕竟在我青春残酷的记忆里存有一丝丝诗意。那一年修水利，用炸药炸开冻土层的时候，飞起的土块砸伤了我的右腿，留下一块伤疤，也留下白桦树皮诗笺的一点温暖的记忆。

写好的那两块白桦树皮的诗笺，没过几天，竟然就萎缩了，干裂出好多大口子。别看北大荒室外朔风呼啸天寒地冻，屋里烧得很暖，这里紧挨着老林子，木头有的是，大块大块的松木桦子，可劲儿扔进火炉里，火苗蹿起老高，烤得人发热，本来就很干燥的白桦树皮，更经不住这样的烤，无可奈何地被烤裂了。

第三部分 想念老友　　　　　　　　　　　　　217

跑腿子走过来，看到我手里拿着裂了好多大口子的两块白桦诗笺发呆，冷笑两声，没说什么，走出了屋子。那冷笑中，明显带有几分嘲笑，天寒地冻的，还玩这种小把戏？晚上吃饭的时候，他就他的辣椒下酒，给我倒了一盅，我没理他，也没喝他的酒。

我又进林子剥下几块白桦树皮，在上面写好了诗，放在屋子的外面，让它们风干。但是，几次试验，还是失败了。离开了白桦树的树皮，还是裂开了口子，而且，脆薄得一碰就坏。白桦树皮，变成白桦诗笺，就像从朋友变为恋人，不那么容易呢。

开春时分，七星河开化了，老林子回黄转绿了，大雁清亮地叫着飞过底窑的上空，修水利的活儿算告一段落。最后一顿晚饭，跑腿子熬了一锅酸菜白肉，不是他特意寻摸来难得的猪肉，而是底窑这个村子特意为知青杀了一头猪的缘故。地方的村子和我们农场，常互通有无，要搞好关系。

他照例倒上酒，也给我倒上一盅；照例就着干辣椒下酒，也递给我一根辣椒，让我尝尝，难得说了句："饺子就酒，越喝越有；辣椒就酒，也是越喝越有。"我没敢吃这玩意儿，他接着劝我，"你吃了它，我给你个好玩意儿！"我还是没吃，心说你一个跑腿子，能有什么好玩意儿！他见我没吃，一屁股站了起来，跳下炕，对我说了句："你还不信？"就走出里屋，不一会儿回来了，手里拿着个东西，走过来递在我的手里："看看！我骗你吗？"

我接过来一看，原来是一块白桦树皮。

他爬上炕，盘腿坐在炕桌前，指着白桦树皮对我说："你以前弄的那玩意儿不行，树皮一干就瘪犊子了，得让树皮带一点树肉才结实。"

听他这么一说，我才注意到这块树皮确实厚一些，还发现上面油晃晃的，很光滑，便问他："你涂油了？"

他点点头："涂了一层桐油，它就不裂了。"

我谢了他，一口咬下那根红红的干辣椒，喝了一口酒，辣得我的嗓子眼儿直喷火，不住地咳嗽。他呵呵大笑起来。第二天，大便都是火辣辣的。

//
总有人会让你想起

鲁秀珍已经去世好长时间了。退休之后，和外界联系很少，消息闭塞，前不久我才知道她过世了。记得她退休几年之后有一年的春节前夕，她给我写来一封信，信中寄来她手绘的贺年卡。她画得不错，退休之后，她喜欢上了丹青，以后，几乎每年的春节前夕，我都会收到她寄来的手绘贺卡。

看到第一封信的信封，是从上海一个叫作万航渡的地方寄来的。当时，我还有些奇怪，她家一直在哈尔滨，怎么跑到上海去了？看信才知道，退休之后几年，她一直忙乎搬家，最后，终于卖掉了哈尔滨的房子，住到她先生家乡上海万航渡的新房子里。

我给她回了信，附了一首打油诗：人生草木秋，转眼白谁头。

今日万航渡，当年一叶舟。烟花三水路，风雪七星洲。犹自思老鲁，黄浦江旧流。

诗中说了一件我和她都难以忘记的往事。那是1971年的冬天，我在北大荒，在大兴岛上一个生产队里喂猪，在猪号寂寞的夜里无事干，写了一篇散文《照相》，发表在我们《兵团战士报》上，怎么那么巧，被她看到。当时，她正参与筹备《黑龙江文艺》（即原《北方文学》）的复刊工作，觉得我的这篇散文写得不错，但需要好好打磨，便独自一人跑到北大荒找我。

她比我正好大一轮，那一年，我二十四岁，她三十六岁。怎么那么巧，都是我们的本命年。

虽都在黑龙江，但从哈尔滨到北大荒我所在的三江平原上的大兴岛，路途不近。那时，交通不便，我回家探亲时，要先坐汽车过七星河，到富锦县城，从县城可以在福利屯坐火车到佳木斯，也可以坐长途汽车到佳木斯，然后再搭乘火车到哈尔滨，最快也需要一天半的时间。我不知道她是怎么找到我所在的那个偏远的猪号的。因为我没有见到她，当时，我正休探亲假回到北京。不过，我可以想象，那个正漫天飞雪刮着大烟泡的冬天，她一个人跑到那里是不容易的。我的诗里说"当年一叶舟"，肯定是没有的了，冰封的七星河上，她孤独的身影，在我的记忆里，永远是一幅画。有哪一个编辑，为一个普通作者，一篇仅有两千多字的小稿子，会跑那么远的路吗？幸运的我，遇到了。

第三部分 想念老友　　　　　　　　　　　　　　221

她给我留下一封信,按照她很具体的修改意见,我将稿子改了一遍,寄给了她。第二年的春天,我的这篇《照相》刊发在复刊的《黑龙江文艺》第一期上。这是我发表在正式刊物上的处女作。

她写信给我,希望我能够继续写,写好了新东西再寄给她。我想,要好好写,不辜负她。过了一年,1973年的夏天,我写了一组《抚远短简》,一共八则,觉得还算拿得出手,抄了满满三十六页稿纸,厚厚一沓,寄给了她。谁知一直没有收到她的回信。猜想,大概是我写得不好,没有入她的法眼。

这一年的秋末,父亲突发脑出血去世,家中仅剩老母一人,我从北大荒赶回北京奔丧之后,没有回北大荒,等待着办"困退"回京。这一年的年底,她给我写来了一封挂号信,信中寄回我的那一组厚厚的稿子《抚远短简》。可惜,这封信转到我手里的时候,已经是1974年的开春。

我没有保存旧物的习惯,这封信和这篇稿,能保存下来,是因为我想按照信中所提的意见和要求,改好稿子,便没有丢。幸亏有她的这封挂号信,将她的这封信和我的这一组稿子,保留至今。这是我仅存的她写给我的一封信,也是我自己在北大荒写的稿子中仅存的一篇。我用的是圆珠笔,她用的钢笔,颜色居然一点没有减退,四十三年过去了,依然清晰如昨,这真的是岁月的神奇。

我很想把她的这封信抄录下来。尽管信中有那个时代抹不去的旧痕,但也看得出那个时代编辑的真诚与认真,对一个普通业余作者的关心和平等与期待。雪泥鸿爪，笺痕笔迹，至今看来，还会让我眼热心动，相信也会让今天的人心生感慨——

肖复兴同志：

您好！实在对不起，您的稿拖了这么久，一方面是忙于定稿，组稿，办学习班，未抓紧；另一原因，感觉此稿有些分量，要小说组传阅一下，结果就拖了下来。特向您致以深深的歉意！

您的《照相》在我刊发表后，引起较好的反应，认为您在创作上不落旧套，敢于创新，无论内容还是表现手法，都力求有自己的特点，这点很可贵，希望发扬光大。创作本不是"仿作"嘛！

《抚远短简》也有这个特点，是有所感而发，在手法上也有新颖之处：比较细致，含蓄，形象。我们初步看法，供你修改时参考：

《路和树》，在思想上怎么区别当年十万官兵开垦北大荒？你们毕竟是在他们踏荒的基础上迈步的，但又要有知识青年的特点。这个特点显得不足。路——是否应含有与工农相结合的路之意，现在太"实"了。

《水晶宫场院》，如何点出人们不畏高寒，并让高寒为人民（打场）服务的豪情？没有从中再在思想力量上——给人思想启发的东西，如何加以发挥？

《珍贵的纪念品》，要点是衣服为什么今天穿？如写他今天参加入党仪式时穿,好不好?——以这身衣服,连接起知识青年的过去和展示入党以后如何以此作为新的起点?……现在感到无所指,就显得有些造作了。

我们初步选了这三则"短简",望您能把它改好,如有可能,最好在一月底二月初寄来,以便我们安排全年的发稿内容。

其他五则:《第一面红旗》,寓意不十分清楚,谁打第一面红旗?写人不够。《普通的草房》,较一般,语言较旧。《战友》,亦然。《荒原上的婚礼》,场面多,思想少。《家乡的海洋》,较长。

这些就不用了。

最后,再嘱咐一点:修改时,要力求调子铿锵,时代感鲜明,现在,此文有时显得小巧,柔弱了些。其次,要在每文和全文的思想深度上,多下功夫,通过形象来阐述一个什么哲理。现在,感到叙述抒情多了一些,思想力量不够。

祝作品更上一层楼!

这封信的最后只有"1973年12月23日"的日期,没有署上鲁秀珍自己的名字,而是盖了一个"黑龙江文艺编辑部"的大红印章,也算是富有那个时代的特色吧。

遗憾的是,我很想重新修改这篇《抚远短简》,但是,在北京待业在家,焦急等待调动回京的手续办理,一时心乱如麻,已经安静不下来修改稿子了。

我和她再续前缘,是八年后的事情了。1982年的夏天,我从中央戏剧学院毕业,和梁晓声等人一起组织了一个北大荒知青回访团,第一站到哈尔滨。《黑龙江文艺》(已经更名为《北方文学》)接待的我们。我第一次见到了鲁秀珍,我应该叫她大姐的,因为她和我姐姐年龄一样大,但是,习惯了,总是叫她老鲁,一样的亲切,尽管是第一次见面,却没有陌生感,一眼认出彼此,好像早已相识。

那一天中午,《北方文学》接风,长如流水的交谈伴着不断线的酒,热闹到了黄昏。本来我就酒量有限,那天,我是喝多了,头重脚轻,走路跟踩了棉花一样,摇摇晃晃。散席归来时,她始终搀扶着我的胳膊,尤其是过马路时,车来车往,天又忽然下起雨来,夕阳未落,是难得的太阳雨,很是好看,但路面很滑。她紧紧地抓住我,生怕有什么闪失。那一天细雨街头哈尔滨的情景,让我难忘,只要一想起哈尔滨,总会想起那一天傍晚时分的太阳雨,和紧紧抓住我胳膊的老鲁。

事后,她对我说:"你喝得太多了,你的同学还等着你呢,我得把你安全地交到人家的手上啊!"

那天,我的同学,也就是我在《照相》里写的主人公,从下午一直坐在《北方文学》编辑部老鲁的办公桌前等着我,等着我到她家去吃晚饭。老鲁把我交到她的手上,仍然不放心,又紧紧地抓住我的胳膊，把我们两人送到公共汽车站。

　　人生在世，会遇到不少人，从开始的素不相识，到后来的相识，以至相知。相识的人，会很多，但相知的人很少。相知的人，彼此相隔再远，联系再少，也常会让人想起，这就是人的记忆的特殊性。因为在记忆中，独木不成林，必须有另一个人存在，才会让遥远过去中所有的情景在瞬间复活，变为了鲜活的回忆。对老鲁的回忆，我总会有两种语言，或者两种画面：一种是雪（四十四年前北大荒的雪），一种是雨（三十五年前哈尔滨的太阳雨）；一种是画（退休后手绘的贺卡），一种是笔（四十三年前的信）；一种是我，一种是你，亲爱的老鲁！

疏灯人语酒家楼

　　达成是我的老朋友。那时,他在编《文汇月刊》,和我约稿,我写了一篇《姜昆走麦城》,很单薄,他不嫌弃,立刻发排,想寄我清样看,行色匆匆,我人正要去青海柴达木。赶在我到之前,他已经把清样寄到柴达木。那是1981年的夏天。我大学毕业实习。这是我们第一次的交往,友谊便也自此始。一晃,流年似水,四十二年过去了。

　　几乎我所有主要的报告文学,都是经达成手所发,其中一篇获得那一年全国报告文学奖。他想第一时间告诉我这个好消息,我人却吃凉不管酸在南京,躲在一个偏远的部队招待所写东西。他打了无数个电话,才辗转终于找到我,开玩笑对我说长途电话费已经不知道花了多少!他只是为了尽早让我知道这个消息,比自己获奖还要高兴。

这就是作为朋友的达成,这就是作为编辑的达成。我曾经说过:作为作者,离不开编辑,作者和编辑是鱼水关系,亦师亦友。从某种程度讲,编辑是作者背后的推手,一般读者看到的是文章或书籍上作者的名字,编辑隐在后面,像风,看不见,却吹拂着作者前行。达成的风,有时是清风,是暖风,有时却是劲风,甚至是狂风。为了催写一篇稿子,他可以发来电报,邮递员半夜登门惊魂。在没有手机的时代,电话和电报,常常是达成无限伸长的左膀右臂,挟风驰电,日夜兼程。

我们第一次见面,是1985年的春天。在上海火车站的人流如织中,达成接我,远远地向我挥手,一眼认出彼此,似乎相识多年。然后,我们一起如丽宏诗中说过的"举着鲜花穿过南京路",到那间没有窗户的小屋里找丽宏。

那是20世纪80年代,达成至今最留恋的时代。他不止一次说"留恋那时文学在社会上的崇高地位""留恋那时充满人情味而少有铜臭味,人与人之间有着真诚交流和相互帮衬"。整个80年代,我们都在四十上下,青春尾巴尚存,激情余勇自恃,文章尚未衰败,气息尚未凌夷。达成说彼此的"真诚交流和相互帮衬",其实,更多是他老大哥一样帮衬我,不仅对我的写作给予真诚的鼓励和支持，而且容忍我的固执。那一年，我写了一篇诗人昌耀的报告文学《诗人和他的土默特女人》，他没有在他主持的刊物上发表，出于朋友的情谊，转交给了另一家杂志，我当时气哼哼地表示，他不把稿子拿回，我们就此断交。他的宽容，以后常让我惭愧而内疚。

他却不和我计较，一如既往宽厚温暖待我。不仅待我，待我的孩子也是如此。那一年，达成来北京，第一次见到我的孩子，像对待大人一样，伸出手和孩子握手。那时候，孩子还没有上小学，从没有一个大人主动和他握过手。至今，达成还保留着孩子当年寄给他自己画的贺年片。那时候，孩子爱画画，曾经给很多大人画过贺年片，没见过别的大人保留一个孩子当年稚拙的小画。

孩子要上小学的那一年春天，我带他去上海，达成请他到红房子吃西餐。孩子上大学那一年暑假，重游上海，达成请他吃饭，问他想去哪里，他还想去红房子。达成电话打到北京，对我说："上海好吃的地方很多，干吗非要去那里！"可是，他尊重孩子，还是带孩子去了红房子，帮助孩子重温童年旧梦。如今，孩子都已经有了孩子，快长到我们当年的年龄，依然记得那一夜晚，达成和他一起走出红房子，并肩细语的情景，亲切而难忘。

孩子长大了。我们老了。我和达成相继退休，再见一面，不大容易。所幸是浮世沧桑与衰年老病中，我们依然读书写作，如放翁诗说："钞书字细眼犹明，捣药声清疾渐平。"

五年前的初冬，我到上海，难得和达成重逢。丽宏得知，做东在锦江饭店请客。我和达成去得都早，都想早早见面，手机打通之后，寻找对方，却阴差阳错找错了地方，害得达成上下楼跑了两趟。看到气喘吁吁的他站在我的面前，禁不住想起第一次在上海火车站前见到他的情景，算一算，那一年，他四十二岁，我三十八岁，都还算年轻。日子竟然像梦一样匆匆掠过，彼此再见，霜鬓尽染。

那天饭后，我和达成归途一路，与丽宏分手，相携下楼，走出锦江饭店，大上海夜色正浓，蒙蒙夜雾中，身后的锦江饭店灯火依稀。我们站在路边打车，等车等了好久，我们说了好久，四十多年的友情，自然话多语稠。

似乎一眨眼的工夫，又一个五年过去了，锦江饭店前夜话的情景，疏灯人语酒家楼，犹在眼前。

今年①，达成年整八十。想起流年碎影这一幕幕，写成短文，以此为达成祝寿。

---

① 指2023年。——编者注

//
腊肠花

来广州多次，从没有注意过腊肠花。

这种花，北京没有。前些日子到广州，正好赶上邱方的新书《花有信，等风来——我的二十四番花信风》的首发式。主持人知道我和邱方之间长达几十年作者编者的关系，问我读了这本书，有哪些地方打动了我？我告诉她，打动我的有三点：第一点，这本书主要是写花画花，纸上开花，字间栖鸦，可以看出她对大自然的感情；第二点，她打破了花的世界和自己情感世界之间的界限，使之交融，你中有我，我中有你，让花的世界变成了丰富的情感世界；第三点，写花，画花，是她从小的梦想，她心无旁骛，专心一意，一辈子坚持做一件事，不容易，不是每一个人都能做到的。

活动结束后，漫步在广州初夏浓郁的夜色中，环市东路两旁种有好多棵腊肠树，这种树长得很高，鹤立鸡群于别的树木之上，绿叶间开满腊肠花。这是邱方非常钟爱的一种花，她兴奋地特意指给我看。在街灯的辉映下，腊肠花明黄鲜艳，一串串，犹如盛放后垂挂在夜空中不灭的烟花。

这是邱方的这本书中写过画过的花。翻开书，先找到写腊肠花这一篇，重看她写它们"一树一树的黄花，一串串垂挂着，宛如一串串风铃，在风中摇头晃脑地歌唱；又像无数的蝴蝶在聚会，在阳光下闪着金色的光芒，又清新又俏皮"。每天，她就是在这条路上下班，从家到出版社。夏日突如其来的暴雨中，金色的腊肠花随雨点纷纷而落，腊肠花又有一个好听的名字，叫"黄金雨"。雨中从这条落满腊肠花的路上，她跑回家，或跑到办公室，发现鞋子和裙子上，沾满了腊肠花金色的花瓣。她说"落花不逐流水，却来逐我衣，心里是有小小惊喜的"。腊肠花，和她有缘。

在这条路上，她和路两旁和过街桥上下好多旁人不在意的花树结缘。不仅有腊肠花，还有三角梅、玉兰花、黄花风铃木……她不停地给它们拍照，也不停地拍下春天风雨中落叶漫天的绿色的雨，即使马路中间落叶萧萧，被车轮带起，她也觉得漂亮得像一群群枯叶蝶翩翩起舞，在她的眼睛里，"这是环市东路春天最壮观的景色"。

花的美丽，和人性中的丑陋；花的脆弱，和人的柔韧；花的一刻绚烂,与人生命漫长的苦痛对比,都是带有命定般悲剧意味的。邱方的文字中,更多写出的则是悲剧意味中情感的温软、绵长与蕴藉。或者可以说,以情感的世界观照花的世界,对抗悲剧的意味,渗透着卑微渺小却"野百合也有春天"一样的人生价值,可以慰藉我们自己,安放我们自己情感的一方天地。在她的水彩画中,也可以看出这样的意思,笔触细致清瘦而带有一丝小心,色彩淡雅朦胧而略显几分忧郁。雪泥鸿爪,皆是心迹;落花流水,蔚为文章。不竞不随万事足,有书有画一生闲,构成了她编辑生涯特别是退休生活的图景和愿景。

想到这时候,我的心里忽然有些感动。想起刚才邱方新书发布会上对主持人讲的话,竟然忘记了最重要的一点:这是她出版的第一本书啊。我不仅替她高兴,而且,非常感慨。感慨的原因,这是她的第一本书。作为编辑,她仅仅为我就已经编辑出版过十几本书,为他人更不知编辑出版过多少本书。刚才在会后我曾经问她有没有统计过这一辈子到底编辑过多少本书?她摇摇头,记不起来了。她的编辑工作是出色的,有目共睹的,曾经被评为出版界的全国劳动模范。但是,这却是她自己的第一本书,出版在她退休之后。而惭愧的我,在她的手下出版了这么多本书,两相对比,竟然是那么不成比例。"书中固多味,身外尽浮名。"我只能颇多感慨地想起了放翁的这句诗,觉得说她最合适。

作为作者,离不开编辑,作者和编辑是鱼水关系,亦师亦友。

从某种程度上讲,编辑是作者背后的推手,一般读者看到的是文章或书籍上作者的名字,编辑隐在后面,像风,看不见,却吹拂着作者前行。写作几十年,负责我的稿子的责任编辑有很多,有不少从当初年轻到如今退休,他们都令我难以忘怀和感慨。邱方是其中之一。

不知为什么,回到北京,想起邱方,总还想起广州环市东路上的腊肠花。她的家,她曾经供职的出版社,都在这条路上。她就是这样一年四季每一天每一天,从这里走过,拍照下鲜花和落叶,然后静静地为它们写下绵软的文字,画出她钟爱的水彩画。没有人会注意到一个娇小瘦弱的姑娘,在这条广州普通的路上,渐渐地走成了一个退休的老人家。只有腊肠花花开花落,伴随她走到春深秋晚时节。她自己说:"花开花落,便是人生。"也伴随她一路拾花而行,让平凡的日子变得芬芳美好。她引用川端康成的话说:"美是邂逅所得,美是亲近所得。"

第四部分

人物纪念

忧郁的孙犁先生

一晃,孙犁先生已经去世五个月了。我一直想写写孙犁先生,却又不知从何写起,面对电脑,枯坐半天,总是一片空白。这让我非常痛苦,我才发现有的事情有的人真的想写却突然没有词了,那感觉就像欲哭无泪一样吧。

我常常想起孙犁先生,想起先生和我通过的那么多的信。

我很想把这些信件都整理出来,为先生也为自己留一份纪念。

可是,我不忍心触动那些难忘的,而且只是属于我们两人的岁月。那是一段多么难忘的岁月,在我的一生中,恐怕再也找不回那样恬静而温馨的岁月了。我表达着一个晚辈对他的景仰,他是我德高望重的前辈,却是那样的平易朴素,那么大的年纪却常常关心我的生活和写作，竟然来信说："您在各地报刊发表的短文，我能读到的，都拜读了。"而且按先生的话是"逐字逐句"认真地读，然后写来长信，提出批评，给予鼓励。文学变得那样的美好而纯净，远离尘嚣，我和先生仿佛与世隔绝一般，只谈读书，只谈往事。现在还会有那样的岁月和心境吗？

　　在孙犁先生活着的时候，我常常想去看望他，北京离天津并不远，况且在天津还有我的亲人和认识孙犁先生的朋友，我也经常去天津。但我还是一次次忍住了这个念头，我怕打扰一个喜欢安静的老人，说老实话，也怕和我想象中的样子出现偏差。心仪一位自己喜爱的作家，就老老实实地读他的作品吧。我知道我既不是他的学生，也不是他的研究者，也不是他的部下，而只是一个敬重他的作者和喜爱他的读者。本来离孙犁先生就很远，即便走近了，也不见得就能够看得清楚，就还是远远地保留一份想象吧。

　　孙犁先生去世之后，我读过了不少人写的悼念文章，有些和我想象中的一样，有些和我想象中的不一样。我便问自己：我想象中的孙犁先生是什么样子呢？想了许久，我得出的结论是：晚年的孙犁先生是忧郁的。我不知道，我的想象是不是对。那确是我的想象。没错，孙犁先生的晚年是忧郁的。孙犁先生的忧郁，和他衰年独处有关。他文章中不止一次流露出"故园消失，朋友凋零，还乡无日，就墓在期"的感慨，他是一个情感极其细腻的人，他沉淀了岁月，洞悉了人生，所以在琐碎生活中特别珍时惜日，所以在秋水文章中格外耿心析骨。

记得他读完我的《母亲》一文，知道我小时候生母去世后父亲回老家又为我和弟弟娶回一个继母的经历，来信说："您的童年，无论如何，不能说是幸福的，使我伤感。"然后，又驰书一封特别说："关于继母，我只听说过'后娘不好当'这句老话，以及'有了后娘就有了后爹'这句不全面的话。您的生母逝世后，您的父亲就'回了一趟老家'。这完全是为了您和弟弟。到了老家经过和亲友们商议、物色，才找到一个既生过儿女、年岁又大的女人，这都是为了您。如果是一个年轻的、还能生育的女人，那情况就很可能相反了。所以，令尊当时的心情是痛苦的。"

前一封信，让我感动，我知道孙犁晚年很少再动感情，他自己在文章里说过："我老了，记忆力差，对人对事，也不愿再多用感情。"他却为我的一篇文章为我的童年而伤感。我能够触摸到他敏感和善感的心，便也就越发明白为什么在他早期的文章中充满对那么多人细致入微的感情描摹。我有一种和他的心相通的感觉，这不是什么攀附，只是普通人之间普通情感的相通。我相信他是不愿意他去世后被人称作大师的，他只是一个始终保持着普通人感情的作家，就像他始终喜欢布衣麻鞋、粗茶淡饭一样。

后一封信，让我没有想到，因为从我写文章的时候到文章发表之后，都没曾想到父亲当年那样做时内心真实的感情，而只是埋怨父亲。孙犁先生的信提醒了我，也是委婉地批评了我。真的，对于父亲,我一直都并未理解,一直都是埋怨,一直都是觉得失去母亲后自己的痛苦多于父亲。也许,只有经历过太多沧桑的孙犁先生,对于哪怕再简单的生活也会涌出深刻的感喟吧,而我毕竟涉世未深。过去常看到别人说孙犁先生善于写女人,其实,他也是那样善于理解男人。我隐隐地感觉到晚年的孙犁先生和年轻时的心境已经不大一样,便总觉得有一种忧郁的云翳拂过他的眼神,善意地注视着我们,伤感地回顾着往昔。

我不大清楚孙犁先生到底是如何看待自己晚年的文章的。我只知道在和我通信中,他特别提到过他的两篇文章:一篇是1989年写的《记邹明》,一篇是1994年写的《读画论记》。在他晚年的著述里,这两篇文章都算比较长的了。我是觉得他自己格外看重这两篇文章的。《读画论记》中,他不计利钝,不为趋避,知人论世,裁画叙心,深刻道出对文坛的悲哀。他说:"没有大智大勇,很难逃出这个圈子。"我想起先生在给我的信中不止一次地流露出这种情绪:"贪图名利于一时,这是很容易的。但遗憾终生,得不偿失,我很为一些聪明人,感到太不值。"在信里,他对文坛许多现象给予了批评,比如对那些冒充学问的所谓注水书籍的一再批评:"这不能说明他有学问,是说明当前的'读者'都是'书盲',能被这些人唬住,太可怜了。"面对这些现象,最后他只有在信中感慨地说:"据我的经验,目前好像没有人听正经话,只愿意听邪门歪道,无可奈何。"我便忍不住想起他在文章中一针见血批评的话:

"文场芜杂,士林斑驳。干预生活,是干预政治的先声;摆脱政治,是醉心政治的烟幕。文艺便日渐商贾化、政客化、青皮化。"也是,这样的话,谁能够听得进去,谁又愿意听呢?

晚年唯一能够给予他慰藉的只有读书了。他在信中对我说:"我读书很慢,您难以想象,但我读得很仔细,这也是年轻人难以想象的。"在另一封信中,他又说:"读书烦了,就读字帖;字帖厌了,就看画册。这是中国文人的消闲传统,奔波一生,晚年得静,能有此享受,可云幸福。"孙犁是以这样的心境退回书斋之中的,既有中国传统文人之习,也有无可奈何之隐。孙犁先生的去世,让我感到这样一代文人和文风已经基本宣告结束了。

那种忧郁的太息和气质只存活在他的文字中了。我知道孙犁先生晚年喜欢临帖书写,曾经请他为我写一幅字,他写来的第一幅录的是杜甫《寄彭州高三十五使君适虢州岑二十七长史参三十韵》中的诗句,诗里有"心微傍鱼鸟,肉瘦怯豺狼"和"竹斋烧药灶,花屿读书床"的句子,我不知道是不是先生的自况?他写来第二幅字是"千秋万岁名,寂寞身后事"。我是感到他旷达和超脱之外的一丝忧郁。他出的最后一本书,取的书名竟是《曲终集》,我隐隐感到不大吉利,曾经写信问过他,先生回信却没有回答,也许,是觉得我岁数还小不大懂得吧。

《记邹明》中,有他自己人生的感慨,那是一则邹明记,也是一篇哀己赋。在那篇文章中,他说:"是哀邹明,也是哀我自己。

我们的一生，这样短暂，却充满了风雨、冰雹、雷电，经历了哀伤、凄楚、挣扎，看到了那么多的卑鄙、无耻和丑恶。这是一场无可奈何的人生大梦，它的觉醒，常常在瞑目临终之时。"我不知道别人是如何看这篇文章的，我是感到了一种往昔的梦魇与现实的无奈，交织成一片深刻的忧郁，笼罩在晚年孙犁先生的心头，拂拭不去。

孙犁先生一生不谙世故宦情，以他的资历和成就，他完全可以像有些人爬上去的，但他只是如自己所说的："我的上面有：科长、编辑部正副主任、正副总编、正副社长。这还只是在报社，如连上市里，则又有宣传部的处长、部长，文教书记，等等。这就像过去北京厂甸卖的大串山里红，即使你也算是这串上的一个吧，也是最下面、最小最干瘪的那一个了。"

在一次孙犁先生《耕堂劫后十种》图书出版座谈会上，我曾经讲过这样的话，我很想把这段话作为这篇迟到的悼念文字的结尾——

> 孙犁先生是中国真正的、有点老派的古典文人。知识分子是干什么的？就是干与知识相关的事情，孙犁先生的一生就是这样干的。面对这样的一个人，我们很惭愧。因为我们很多知识分子干的不是知识分子的事情，或为官，或为商，或争名于朝，或争利于市，这是孙犁先生作品中不断批判的。而孙犁先

生的一生，干的是知识分子的事情，他不为官，也不为商。不是他没有为官的途径和条件，而是孙犁先生是一个真正的文人。回眸孙犁先生二十年，实际不止二十年，五十年或者更长，把他的五十年、六十年、一生的作品都展示出来，孙犁先生可以面不改色，不用脸红，他的每篇文章包括每封信件都可以和读者见面。现在有多少作家，包括所谓的大家可以把自己所有的作品更不要说每一封信件，摊出来和读者见面呢？

正如孙犁先生在《曲终集》中所说："人生舞台，曲不终，而人已不见；或曲已终，而仍见人。"孙犁先生五十年的作品，不仅一直保持着这种创作的势头，而且保持着真正文人的这种态度。所以我说孙犁先生是真正的文人，做的是真正文人的事情，愿意称自己为文人的人，都应该有发自内心的深省。

//
他将长生草留给水

看到樊发稼先生的信，才知道郭风先生去世的消息，1月3日，就在两天前。1月29日，就是先生九十二岁的生日，按理说，应该算是喜丧，心里还是充满着悲伤。

1月3日，北京下了一天一夜的大雪，是北京六十年的历史中从来没有过的大雪。就像三十二年前先生在他的那篇曾经被选入小学语文课本的代表作《松坊溪的冬天》里写过的雪，"像柳絮一样的雪，像芦花一样的雪，像蒲公英的带绒毛的种子在风中飞的雪"。没有想到，先生就在这样的大雪中走了。三十二年前，先生说他看到了一个"发亮的白雪世界"，在这个世界里，他看见了一群彩色的溪鱼。真的希望，先生离开我们到的那个世界里，还能够看到一个"发亮的白雪世界",和一群彩色的溪鱼。先生一辈子都是用童话般的眼睛看待生活和世界的,他一定会看到这样的情景的。

发稼先生说"郭风先生是他敬重的前辈作家",这正是我要说的话。往事如水,岁月如风,很多回忆一下子拥挤在脑子里。论年头,我和郭风先生交往不是最长的,也不敢说读他作品是最早的,却也颇有些年头了。

1962年,我读初中二年级。在北京东安市场的旧书店,我买了郭风先生的《叶笛集》。这本散文诗集,收录的是郭风先生1957年冬天到1958年夏天写下的作品。当时,我仅仅花了一角钱。

我很喜欢书中描写的红色的香蕉花、米黄色的荔枝花和月白色的橘子花,以及那"美丽的好像开花的土地"的榕树,"腊月里蜜蜂还出来采蜜"的故乡。我还曾经抄过、背过书里面那些散发着豆蔻香味一样的散文诗句:"雨点敲打着远处一大群一大群相互依偎的绵羊似的荔枝林,那林梢仿佛在冒着白色的烟雾。""云絮浮在空中,好像一只蓝酒杯中泛起的泡沫。太阳挂在空中,好像一朵发光的向日葵。""明媚得好像成熟麦穗的天空。"……

心想,只有拥有童心的人,才会有这样"鱼鸟皆遂性,草木自吹香"的心性,才会在笔下流淌出这样新颖而明朗的语言,才会有小孩子的心思一样充满奇思妙想,把荔枝林比作相互依偎的绵羊,把云絮比作蓝酒杯中的泡沫,把天空比作成熟的麦穗。那样的透明、清澈。当时让我的心里充满花开一般的向往,如今遥远得犹如一个梦，一个怅然的梦。

我从来没有想到会有一天能够遇见这本书的作者郭风先生。即使以后曾经多次到过福州，曾经到过郭风先生住过的黄巷老街徜徉，但我从没想要打搅先生，我一直以为真正喜欢一位作家，就老老实实买他的书，读他的作品。

十八年前，也就是1992年的4月，我再次来到福州，我的朋友当时福建作协的秘书长朱谷忠，来我住的于山宾馆，接我去和当地的文学爱好者座谈。一边往外走，他一边对我说："郭风先生也来了。"我的心里一动，怎么这么巧，想见的人就在眼前了。这时，已经看见一位精神矍铄的老人正站在四月龙眼花开的树下，我紧跑几步，向他跑了过去，蹦在脑海里第一个镜头就是那本《叶笛集》，便先忍不住对他讲起了三十年前我花一角钱买过的那本《叶笛集》。他微微地笑着，望着我，和蔼地听我说着。

如今，虽然已经过去了四十八个年头，这本《叶笛集》，现在还保存在我的书架上，伸手就可以摸到，常常还会拿过来翻开。就像一位老朋友，相逢的时刻和回忆的味道，总是交织在一起。

今天，写这则文字的时候，书就在身边，我再一次拿过来翻看的时候，才发现一本书对于一个人成长的作用和分量。虽然，这只是一本仅仅有九十三页薄薄的小书。

我曾经把它带到插队的北大荒，很多同学都借去看过。当时，书放在荒原上的马架子里藏着，纸页已经被北大荒的雨水浸蚀得发黄，骑马钉脱落，封面被我用胶条粘着。动荡的生涯中，几经迁徙，许多书都丢失了，这本《叶笛集》却从北京到北大荒，又从北大荒到北京，还有多次的搬家，竟然奇迹般地保留下来。我知道，人的一辈子，像会遇见过许多人一样，也会买过并读过许多的书，但真正能够在四十八年漫长的岁月里一直保留在你身边的，正如你不会太多地记住曾经见过的那些过眼烟云的人一样，也并不会太多。

我格外珍惜这本《叶笛集》。看到它，我就会想起我的学生时代，想起我在北大荒，更会想起郭风先生。

想起郭风先生，有这样两件事情，拔出了萝卜带出泥一般，不由自主地跳了出来。

一件是第一次见到他时，在和文学爱好者的座谈会上他讲的话，给我的印象很深。其实，那一次，他一共就讲了两句话，一句是："我出了三十几本书，没有一本满意的，到了老年才好像刚刚进了门。"另一句是："作家的自我感觉不要太良好，应该总像失恋一样，心里总有些怅惘。"他不是一个善于讲话的人，因此不像有的作家能够舌灿如莲，但他讲得很真诚，他的这些言简意赅的话，对于今天仍然有着警醒的意义。

另一件事情，是前几年我在信中向他询问法国象征派诗人果尔蒙的《西茉纳集》，我没有读过，知道先生年轻时就喜欢这位诗人，便向他讨教。没想到很快我就收到先生复印的厚厚一大摞《西茉纳集》,是戴望舒翻译的。想想他那样大年纪跑去为我复印,并替我邮寄,让我感动的同时,也真是感到不安。

> 西茉纳,太阳含笑在冬青树叶上,/四月已回来和我们游戏了,/他将长生草留给水,/又将石楠花留给树木,/在枝干生长的地方……

想起这样的诗句,是因为我想起了那年的四月第一次见到郭风先生的情景。"他将长生草留给水,又将石楠花留给树木",多么美的诗句。如今,郭风先生已经离开我们了,忍不住想起了《叶笛集》,想起这些往事,想起先生那如圣诞老人一样慈祥的面容。

他将长生草留给水,又将石楠花留给树木,他将岁月留给了他的文字。

汀州去看瞿秋白

车过福建连江,本来要西去永定,在我的一再坚持下,车终于北上拐到了汀州。去汀州,主要为看瞿秋白。

想起"文革"串联,从北京乘火车南下,从衡阳到韶山再到南昌和瑞金,离汀州越来越近,近得只有一箭之遥,却没有去成。不敢?还是不忍?真的说不清楚。那时候,红卫兵的小报上正在整版地刊载《多余的话》,批判瞿秋白为共产党的叛徒的文章和标语铺天盖地。瞿秋白的死难地汀州,自然没有韶山或瑞金那样的令人趋之若鹜,热血沸腾。

在中国,不知会有多少人和我一样,内心深处是对不起瞿秋白的。不要说那些曾经无情抛弃过他、批判过他的人,就是如我一样已经走近了他却和他擦肩而过转身奔向时髦别处的人，其实，离真正的革命意义都很远，便也离瞿秋白很远。我一直相信，作为一名坚信共产主义的革命者，瞿秋白是遭人其中包括共产党本身误会最多的一个人，也是受人包括共产党本身最敬仰的一个人。

"话既然是多余的，又何必说呢？"《多余的话》里的这第一句话，始终在我的耳畔盘桓。那时候，真的不明白，既然明明知道话是多余的，而且很可能遭到误解乃至对自己全盘的否定，为什么偏要去说呢？特别是最后说的"中国的豆腐也是很好吃的东西，世界第一"这样更是多余的话，当时实在是难以理解。好长一段时间，总觉得《多余的话》更多的是文人式的表白，是文人与革命的矛盾和纠葛，是对自己内心坦荡如砥的审视和解剖，是对于残酷路线斗争的厌倦和彷徨。没有多少人能够做到他这样的坦然面对历史与现实，以及生死和他坚信的信仰。

但是，这么多年过去了，真的就明白这句话的含义了吗？明白瞿秋白当时写下这句话的心情了吗？车子在高速公路上奔驰如飞，离汀州越来越近，心里沉甸甸的。天阴着，蒙蒙的小雨如雾如烟。不知怎么搞的，忽然想起瞿秋白未到红区前在上海时写过的一首诗：万郊怒绿斗寒潮，检点新泥筑旧巢。我是江南第一燕，为衔春色上云梢。那时的心情，和写《多余的话》时的心情，是多么的不一样。历史虽然从来不允许假设，但从心里还是忍不住一次次地假设过，如果当时瞿秋白能够随大部队一起长征，会是一种什么样子？

以前读书的时候，曾经读到过这样一个细节，红军北上之际，瞿秋白把自己的强壮马夫，换给了徐特立。这个细节一直没有忘怀。这是一个革命者的情怀，他把困难乃至危险留给了自己。我一直想，也许，从那一刻，他已经预料到自己的命运。

车子越过已经污染的汀江，驶进喧嚣的汀州城，残败的老城墙掩映在新楼与旧房之间，和我想象中的汀州城完全不一样。唯一相似的，是建于宋代的试院，试院里的两株唐柏，还能够有资格诉说当年的沧桑与苍黄。这里一度是福建省苏维埃政府，又一度是国民党三十六师的师部。试院最后一道院，最东边的两小间房屋，就是当年关押瞿秋白的地方。是三十六师的师长当年黄埔军校瞿秋白的学生宋希濂的特别照顾，让瞿秋白多了外面一间小屋，做会客用，很多劝降、诱降和威逼，走马灯般都是在这里轮番上演。

走进这两间小屋，不知为什么心怦怦地跳得厉害。墙的四围用棕色的木板围起，像乡间的木屋；靠墙是简单的一张木床，靠窗是一张写字台和一把藤椅。虽然窗子朝南，但因外面有高墙遮挡，屋子里照不进来什么光，潮湿阴暗的感觉，和乡间木屋立刻拉开了距离。写字台上放着砚台和毛笔，我坐在藤椅上，望见窗外有了一座四方形的小小天井，天井里种着一株石榴，一株桂树，树龄都已经很老了。桂花尚未到开花的季节，那一株石榴花却开得正艳。瞿秋白被枪毙的时候，是76年前的6月18日，和我来时的时间相近，想应该也是榴花似火吧？

瞿秋白就是坐在这里写下《多余的话》，还有那些诗词，那些篆印。临终之前，如此的从容，又如此文气沛然。当然，最难忘的是，临终的那一天早晨，他坐在这里写下他的绝命诗，特务连长走进来，他没有停笔，接着写下了这样一段话："方欲提笔录出，而毕命之令已下，甚可念也。秋白曾有句'眼底烟云过尽时，正我逍遥处。'此非词谶，乃狱中言志耳。"最后写下了"秋白绝笔"四个字。每逢想到这里的时候，总会忍不住想起雨果在《九三年》里写朗德纳克从悬梯上走下来，对团团围住他的荷枪实弹的士兵说："我允许你们逮捕我！"尽管革命内容与阵营不同，但那种贵族式的高傲气质，让人肃然。

解说员告诉我，当年瞿秋白就是从这里被带走，从后门走出，到中山公园的凉亭饮酒照相，然后出西门赴刑场的。我请她带我看看那后门的样子，我很想顺着瞿秋白就义的原路走过去。她带我来到一条黑暗的走廊，后门被锁，她告诉我即使走出后门，前面建起了一所小学校，也走不过去了。

如今汀州城的西门，以及中山公园，还有被后人称之为"秋白亭"的那座八角凉亭，都早已经不在，那地方建起了一座汀州宾馆。顺着府前街往西走不远，看见一座高耸入云的纪念碑，上书"瞿秋白烈士纪念碑"几个大字。旁边有一座花岗岩石，上刻"瞿秋白就义处"。当年，他就是站在这里用俄文高唱着《国际歌》和《红军歌》，用清亮的常州语音高呼着"中国共产党万岁"和"共产主义万岁"，然后说了一句"此地甚好！"坦然坐下，慷慨就义。今年①，正好是中国共产党建党90周年。瞿秋白是自1921年中国共产党建党以来牺牲的第一位领袖。作为中国共产党早期主要领导人之一，作为两度担任过中国共产党的最高领导人，我们实在应该记住他。

当地人告诉我，此地纪念碑后被书中称之为罗汉岭的山，他们叫作卧龙山。关押瞿秋白的地方为龙首，枪毙他的地方为龙尾，他用三十六岁短短的生命，擎起了整个一条龙。听完他的话，我转过身去，眼泪怎么也止不住地淌了下来。

---

① 指2011年。——编者注

想念王火

在成都,老作家中有百岁老人马识途在,一览众山小,其他的老作家显得都像小弟弟,很容易被遮蔽。其实,在成都还有一位老作家,今年①九十一岁高龄,是王火先生。

王火再次出现在人们的视野,是他的新书《九十回眸——中国现当代史上那些人和事》出版,恰逢今年反法西斯胜利70周年。当年,刚刚从复旦大学新闻系毕业的二十一岁的王火,凭着他年轻的一腔热血和良知,采写了南京大屠杀、审判日本战犯和汉奸的新闻

---

① 指2015年。——编者注

报道。

1947年，他在上海《大公报》发表了《被侮辱与被损害的——记南京大屠杀中的三个幸存者》。这三个幸存者：一个是南京保卫战的担架队队长、国民党军上尉梁廷芳，一个是十几岁的小孩子陈福宝，一个是被日本兵强奸并被残酷毁容的姑娘李秀英。可以说，王火是第一位报道南京大屠杀的中国记者。

1947年，我刚出生。

1997年，我第一次见到王火。他已经七十三岁，但我一点看不出来他有这样大的年纪。他身材瘦削，身着一身干练的西装，更显俊朗挺拔。一看就是一介书生，温文尔雅，曾经血雨腥风的岁月，似乎没有在他的身上留下一丝痕迹。那时，我们一起去欧洲访问，他是我们中国作家代表团的团长。他的三卷长篇小说《战争和人》刚刚获得茅盾文学奖，但是，看不出一丝春风得意的痕迹。他是一位极谦和平易的长者。

那一次，我们一起访问了捷克、塞尔维亚和黑山共和国，以及奥地利。我和他一直同居一室。他步履敏健，谈吐优雅，颇具朝气。最有意思的是在塞尔维亚，常有诗歌朗诵会，最隆重的一次是在贝尔格莱德的共和广场，四围是成百上千的群众，来自二十五个国家的作家都要派一个人登台朗诵。王火居然派我赶鸭子上架。我根本不写诗，儿子正读高二，爱写诗，只好临时朗诵了儿子的一首小诗。下台后，他夸奖我朗诵得不错，我觉得只是鼓励，他比画着手势，又说:"真的,刚才一位日本诗人夸你朗诵得韵律起伏呢。"

在捷克,我向他提出希望能够到音乐家德沃夏克的故居看看,但行程没有安排。他知道我喜欢音乐,便向捷克作协主席安东尼先生提出,希望满足我的这个愿望,年过七旬的安东尼先生亲自开车,带我们到布拉格外三十公里的尼拉霍柴维斯村。那里是德沃夏克的故居,房前是伏尔塔瓦河,房后是绵延的波希米亚森林,是我见到的捷克最漂亮的地方。

在布拉格,王火先生向我们提议,一定要去看看丹娜,为她扫扫墓。那时候,我学识浅陋,不知道丹娜。他告诉我,和鲁迅有过交往并得到过鲁迅赞扬的普什科是捷克的第一代汉学家,丹娜是捷克第二代汉学家,对中国非常有感情,编写了捷克第一部《捷华大词典》,翻译过艾青等作家的作品。可惜,1976年因车祸丧生。

这二十多年以来,一直没有中国作家看望过她,咱们是这二十多年来捷克的第一个作家代表团,应该去为她扫扫墓。那一天,布拉格秋雨霏霏,我们跟着他,倒了几次地铁,来到布拉格郊外很偏僻的奥尔格桑公墓,找到被茂密林木和荒草掩盖的丹娜的墓地。我看见雨滴顺着王火的脸庞和风衣滴落,还有他的泪滴。我发现他是极其重情重义的人,即便是对素不相识的丹娜,也饱含着一份真挚的情感。

印象最深的是在维也纳。到达时已是夜幕垂落,车子特意在百泉宫绕了一个弯,让我们看看那里美丽的夜景,然后驶向前面的一条小街。堵车像北京一样，车子不得不停了下来，我们只好隔着车窗看夜景。王火一眼看见车前一家商店闪亮的橱窗，情不自禁地叫道："我女儿也来过这里！"这让我有些吃惊，吃惊于平常一向矜持的他，竟然叫出了声；也吃惊于我们都是第一次来维也纳，他怎么就这么肯定这里一定是女儿来过的地方！他肯定地对我说："我女儿去年来过维也纳，就是在这个橱窗前照过一张照片，寄给我过！"我知道，他的小女儿在英国。橱窗明亮的灯光，在他的眼镜镜片上辉映，那一刻，一个父亲对女儿无限的情思，毫不遮掩地宣泄在他的眸子里。

维也纳那一夜的情景，已经过去了十八年，依然恍若眼前。真的，做一个好作家，做一个好父亲，做一个好朋友，还有，做一个好丈夫，也许都不难，但能将四者兼而合一，都能像王火做得那样好，并不容易。一晃，十八年过去了。除了在北京开会，我见过王火（他还专门请我吃西餐），一直没有再见过他。这中间，我们偶尔通信，彼此问候，更多是他读到我写的一点东西之后对我的鼓励。

这期间，我听成都的朋友对我讲起，他跳到水中为救一个孩子而使得自己一只眼睛失明。这样舍己救人的事情，他从来没有对我透露过一丝一毫，他实在是一位心胸坦荡而干净的人。我想起张承志曾经写过的一篇文章，题目叫作《清洁的精神》。他应该就属于这样难得具有清洁精神的人吧。

这期间，对他打击最大的事情，是他的夫人凌起凤去世。他对我说过，他的夫人是民国元老凌铁庵之女，正经的名门闺秀，他们的爱情在他的新书《九十回眸——中国现当代史上那些人和事》中有专门的描述，可谓乱世传奇。当年，夫人在香港，为和他结婚佯装自杀，才能够回到内地，终成眷属。日后的日子，跟着他颠沛流离，对他支持很大，他称她是自己的"大后方"。从他的信中，从他的文章中，我都体味得到他对相濡以沫的夫人的那一份深情。说实在的，无论隔空读他的信，还是和他直面接触，都没有感觉他的年纪会这样大。读他的信，信笺上字体非常流畅潇洒；和他交谈，更觉得他思维敏捷而年轻；听他的声音，感觉非常的爽朗而亲切。没有想到，他居然九十一岁了！

去年年初，曾经寄给他两本我新出版的小书，其中一本《蓉城十八拍》，是专门写成都的。在成都时赶写这本书后马上去美国，行色匆匆，心想下次吧，便没去看望他。他接到书后给我写了一封信，责备我道："惠赠的两本书里，出我意外的是《蓉城十八拍》。看来您是到过成都的，在2012年。您怎么没来看看我或打个电话给我呢？我可能无法陪您游玩，但聚一聚，谈一谈，总是高兴的。您说是不？"

在同一封信中，他这样说："匆匆写上此信，表示一点想念。我身体不太好，但比起同龄人似乎还好一些。如今，看看书报，时日倒也好消磨，但人生这个历程，我已经是离目的地不远了。"读到这里的时候，忍不住想起暮年孙犁先生抄录暮年老杜诗中的一联：雕虫蒙记忆，烹鲤问沉绵。文人老时的心情是相似的：记忆自己的文字，想念远方的老友。我的心里非常难受，更加愧疚去成都未能看望他。王火先生，请等着我，下次去成都看您。我从心底里祝您长寿，起码也要赶上您的老友马识途，超过百岁！

//

早春二月
——怀念孙道临先生

十八年前的夏天,我如约到北京北长街前宅胡同的上海驻京办事处,孙道临先生已经早在胡同口等候着我了。记忆是那样的清晰,一切恍如昨天:他穿着一条短裤,远远地就向我招着手,好像我们早就认识。我的心里打起一个热浪头。第一面,很重要。

要说我也见过一些大小艺术家,但像他这样的艺术家,我还是第一次见到,他的儒雅和平易,也许很多人可以做到,但他的真诚,一直到老的那种通体透明的真诚,却并非所有人都能有。

那天,我们在上海办事处吃的午饭,除了吃饭,我们谈的是一个话题,那就是母亲。他说他在年初的一个晚上看新的一期《文汇月刊》，那上面有我写的《母亲》，他感动得流出了眼泪，当时就萌生了一定要把它拍成一部电影的念头（其实那只是一篇两万多字的散文）。经过半年多的努力，他终于说服了上海电影制片厂，对方决定投拍，并想让我来完成剧本的改编工作。他对我说，读完我的《母亲》，他想起自己小时候在北京西什库皇城根度过的童年，想起自己的母亲。他也想起了在"文化大革命"残酷的岁月里，他所感受到的普通人给予他的如母亲一样难忘的真情。

那天，他主要是听我讲述了我的母亲的故事和我对母亲的愧疚。他听着，竟然落下了眼泪，我不敢看他的眼睛，因为我从来没有见过七十岁的眼睛居然没有浑浊，还是那样清澈，清澈得泪花都如露珠一般澄清透明。他忽然站起来对我说：我为什么非要拍这部电影？我不只是想拍拍母爱，而是要还一笔人情债，要让现在的人们感到真情对于这个世界是多么的重要！

我们一老一少泪眼相对，映着北京八月的阳光。我感受到艺术家的一颗良心，在物欲横流中难得的真情，和对这个喧嚣尘世的诘问。那天回家，对着母亲的遗像，我悄悄地对母亲说：一个北大哲学系毕业、蜚声海外的艺术家，拍摄一个没有文化、平凡一生的母亲，并不是每一个母亲都能够享受得到的。妈妈，您的在天之灵可以得到莫大的安慰了。

剧本断断续续写到了一年多以后。那天，为再一次修改剧本，我从北京飞抵上海。是个傍晚，正好赶上他去安徽赈灾义演，他在电话里抱歉说没有能够接我，却特地嘱咐别人早早买下了整整一盒面包送给我，怕我下飞机误了晚饭。打开那一盒只有上海做得出来的精巧小面包，心里感到很暖，那一盒面包我足足吃到了他从安徽回来。

　　剧本定稿的时候，他请我到淮海中路他的家中做客。我见到了他的夫人王文娟，他们两口子特意做了冰激凌给我吃，还把那个季节里难以找到的新鲜草莓，一只只洗得清新透亮，精致地插在冰激凌里。我和他说起了电影《早春二月》。我说起第一次读柔石的小说时，我在读高二。那时，我们到北京南口果园挖坑种树，劳动之余，同学之间在偷偷传递着一本书页被揉得皱巴巴像牛嘴里嚼过一样的《二月》。书轮到我的手里，是半夜时分，我必须明天一早交给另一位守候的同学，老师还要在熄灯之后严加检查，我只好钻进被子里，打开手电筒，看了整整一夜。

　　他静静地听我说完，告诉我当时拍摄和后来批判《早春二月》时的许多事情。我问他萧涧秋是不是他自己觉得扮演的最重要也是最好的角色？他对我这样说：解放以后，一直都在努力改变以往在屏幕上的形象，希望塑造工农兵的新形象，便拍摄了《渡江侦察记》和《永不消逝的电波》。但是在这之后，他一直渴望有新的突破，在塑造了工农兵的形象之外，能够塑造更吻合他自己本色与气质的知识分子的角色。终于等来这样一部《早春二月》，他非常兴奋，也非常看重。他说不仅他自己看重，就连夏衍先生也非常看重，特别在他的剧本中详细地批注和提示。没有料到，这样一部电影，付出了他极大的心血，却让他吃了不少苦头。那天的交谈，让他涌出许多回忆和感喟，颇有"别来沧海事，语罢暮天钟"的沧桑之感。

对于我们这样的一代人，随历史浮沉跌宕之后，有些普通的词，便不再那么普通，而披戴上岁月的铠甲，比如老三届、红海洋、"黑五类"……早春二月，便是其中一个意味寻常的词。这个词不仅有我们的青春为背景，也有孙道临先生的演绎做依托。因此，我一直认为，萧涧秋是他扮演的最重要也是最好的角色，他不仅成为新中国电影史的一部分，也是中国知识分子心路历程的一部分。从某种程度而言，孙道临和萧涧秋互为镜像，有着内心深处的重叠。

我和孙道临先生往来不多，却有过通信，作为晚辈，我常常得到的是他对我的关怀和鼓励，偶尔也透露着他的隐隐心曲。

1994年2月，他寄给我两张照片留念，都是在1993年拍的，一张是9月在海南，一张是5月在新疆，他以七十二岁的高龄骑在骆驼上跋涉戈壁滩。他在信中说："影事难题太多，1993年，我不务正业，东奔西跑，倒也增加不少阅历，只是'心为物役'的感受越来越强了，也好，总要设法摆脱，让想象好好驰骋一番吧。"

1995年2月，我寄给他两本我的新书，里面有那篇《母亲》。他写信对我说："再次读了你写的《母亲》的文章，仍然止不住流泪。也许是年纪大了些,反而'脆弱'了吧。总记得十七八岁时要理智得多,竟不知哪个时候的自己是好些的。"

  我之所以选出这样两节,是想说过去常讲的老骥伏枥壮心不已,其实对于中国知识分子而言,老骥之时更需要的是对于自己和历史清醒一点的检点和反思。孙道临先生的可贵,正在于他一直保持着一个艺术家对于自己和过去的历史与现世的时代的反思和诘问,他的真诚不止于一般的旨在澄心,而是持有那种赤子之心。这一点,我以为是和《早春二月》里的萧涧秋一脉相承的,或者说其中的矛盾彷徨自省与天问一般追寻,是有良知又有思想的艺术家的本质和天性。

  我想,这是孙道临先生给予我们最宝贵的启示,一切有志于艺术的人,都应该如他一样把这样的真诚放在首位。

//
花之语

　　艺术家,从来分幸运和不幸两类。一般而言,过于幸运,对于艺术家会是腐蚀剂;艰难困苦,玉汝于成,从另一方面则会让艺术家因不幸的磨难而将艺术之路走得更远些。

　　庞薰琹先生属于这样一类的艺术家。

　　庞薰琹先生是我国老一辈的油画家,年轻时和徐悲鸿、常玉等著名画家同时期到法国巴黎留学,学习油画,并与他们齐名。他可谓学贯中西,是有着西画和国画的双重实践,并对于服饰装潢有着独到造诣的艺术家和工艺美术教育家,解放后,曾首任中央工艺美术学院副院长。不过,庞先生命运赶不上徐悲鸿,1957年被打成"右派",撤销了中央工艺美术学院副院长的职务,受到了降两级的处分。在清华大学万人和工艺美院千人批判大会之后不久，他的妻子也是我国老一辈油画家丘堤去世了。从此，沦落为打扫厕所的清洁工，开始了他孤独人生，度过他人生最艰难痛苦的时期。

晚年的庞薰琹先生写过一本自传，其中有这样的两行字："1964年。画油画：《紫色野花》。花是从花店地下捡回几枝被弃的烂了的花，取其意进行创作的。"

面对这两行字，我读过好多遍，每读一次，心里都发酸。"地下""被弃""烂花"，这样三个紧连在一起的词语，呈递进的关系，犹如电影里的一个由远推近的特写镜头，让我看到这样几枝委顿的残花败叶，一点点的彰显在眼前而分外醒目。这样在花店不值一文钱的花，这样在一般人眼里不屑一顾甚至会不经意踩上一脚的花，对于一个画家，特别是在失去了创作的机会却渴望绘画的敏感的画家，却是如获至宝。庞先生将这样"烂的花"称之为"野花"。他以自己的创作，赋予了这样路边拾来的花以新的生命。野花，可以被抛弃，被遗忘，被鄙夷，但却也可以充满旺盛的生命力，慰藉自己，并慰藉他人。

一个著名的画家，又重回年轻窘迫的巴黎留学时光，没有钱，更没有机会，可以让他面对鲜花写生创作，而只能从花店地下捡几枝被弃的烂的花回家，悄悄地写生创作。很长一段时间，我的脑子里都浮现这个画面，总忍不住想象那一天庞先生从花店门口经过，偶然看见了店门口这几枝零落的残花。不知道，那一天是黄昏还是清晨；不知道，庞先生看见了花之后，想上前去捡时是有些羞怯，还是没有丝毫的犹豫。我想，如果是我，首先，我会敏感地注意到地上落着有花吗？即使是凋败却依然美丽的残花吗？其次，我会有勇气不怕别人的冷眼甚至呵斥，上前弯腰拾起花来吗？

也许，这正是庞先生区别于我们的地方。他以一名画家对美的敏感，对艺术的渴求，对哪怕是艰辛生活也要存在于心的希望，才会看到我们司空见惯中被零落被遗弃甚至被我们亲手打落下的美好的东西。他才能和这地上的残花有了这样意外的邂逅。

同时，他毕竟会画画，画画是他的本事，更是他的追求。什么时候，任何人，都无法剥夺他手中的画笔，他可以用他特有的方式让活下去有了勇气和信心，让绘画不仅仅属于展览会或画廊乃至画框，而属于生命。因此，这样的邂逅，便不只是同病相怜，而是一见倾心，是彼此的镜像。他才赋予那地上的败花以紫色这样高贵的色彩。

晚年的庞先生画了大量的花卉，《鸡冠花》《美人蕉》《窗前的白菊花》《瓶花》都被中国美术馆收藏，六十七岁生日之作《瓶花》还曾经参加巴黎美展。这和他前期在巴黎时重视人物与景物的现代派风格浓郁的画作大不相同。不知道别人会如何解释这一现象，我以为这和1964年他在花店的地上捡回几枝被弃的烂的花，有着密切的关系。从那时以后，他似乎心更加柔软缠绵，甚至他路过崇文门花店看见地上的几朵无人问津的草花，也花了几角钱买回来，放大作画。在经历了颠簸的人生与沧桑的命运折磨作弄之后，他反而越发孩子一般对于比他更弱小而可怜的草花的关切，除了他本身的艺术气质，就是他不易操守，不改初衷，依然保持着年轻时候就有的对于生活的真诚和对美的向往，以及不会被磨折和泯灭的信心。

  每当我想起庞先生的这幅画，总忍不住想起法国作曲家拉威尔曾经作过的一支叫作《花之语》的乐曲，曾经是芭蕾舞曲，又曾经被改编为管弦乐曲。如果花真的能够说话，我相信，这幅《紫色野花》便是庞先生最好的心曲。拉威尔将这支《花之语》又取名《高贵而动情的圆舞曲》，我想这名字和庞先生正相吻合。庞先生把那野花画成了紫色这样高贵的色彩。拉威尔的这支曲子，是这幅画最好的背景音乐。

//
塔夫特夫人的选择

在美国的城市里,辛辛那提不算大,我却一直以为这是座富有艺术气息的城市。对我而言,不只为它有驰名世界的辛辛那提交响乐团和那古老而美丽的音乐大厅,更为它有家私人美术馆,给这座城市提气,为这座城市平添一抹异样的艺术色彩。

这座美术馆叫作塔夫特(Taft)。它坐落在辛辛那提第四大街附近派克街316号。离俄亥俄河很近,是一座漂亮轩豁的别墅。展厅在二楼,从二楼的咖啡厅可以步入宽敞的露台,从露台可以下到一层花木扶疏的花园。作为私家美术馆,它的规模足以和巴黎一些大都市里的私家博物馆相媲美。

引我慕名而来的主要原因,是美术馆的主人安娜·塔夫特夫人。她是辛辛那提历史上第一位百万富翁塔夫特先生的独生女,从父亲那里继承下万贯家财,按照我们现在的说法,属于"富二代"。她完全可以过一种贵妇人的生活。看美术馆里陈列着她的雕像和油画肖像,雍容富贵,真有贵妇人的容颜和姿态。

她不仅是"富二代",而且属于美女级的"富二代",这无形中为她锦上添花。她的丈夫是位毕业于哥伦比亚大学法学博士的律师,收入不菲,家境也很富有。那么多的钱怎么花,是摆在所有"富二代"面前的一道人生课题。她对她的丈夫说,与其我们拿钱去投资股票或置办房产,不如用来投资艺术品。她的丈夫欣然同意。他们一共拥有十个孩子,没有把钱给孩子们,却开始了艺术品的收藏。当收藏到一定规模的时候,他们没有把这些藏品送到拍卖会上,让其金钱的数字翻着跟头地上涨,而是将这些价值连城的藏品,外加把自己住的别墅一并让出来,辟为美术馆。

1931年,安娜·塔夫特夫人去世。1932年,美术馆在这座1820年建的老建筑里正式对外开放。

在美术馆展览手册上,有一幅他们的全家福,旁边写着这样一段话:"欢迎来到我们的家,也是你们的家。这个HOUSE,这艺术,属于你们,如果换一个视角来看,你们会有新的发现。"这就是塔夫特夫人和他们全家创建这座美术馆的意图,或者说是他们的心愿。当然,也是他们为那些万贯家私和自己心的归宿的一种选择。

这种选择,让我感动,值得尊敬。并不是每一位"富二代"都能做出这样的选择。我们看到的一些"富二代",更多的是如塔夫特夫人所说,愿意选择投资股票和房地产,还有不少则愿意投资可以赚钱而喧嚣的餐馆、酒店、会所或影视,甚至可以一掷千金地豪赌,包养女人,去酒吧里胡作非为,花天酒地,醉生梦死。如塔夫特夫人一样,愿意拿自己毕生的财富投资艺术品并创建美术馆,不为自己独自鲸吞,而让更多人一起分享,为社会服务,在现代人中还很少见。

二楼的十四个房间,成了展厅。藏品很丰富,甚至有的藏品比一些国家博物馆还要丰富。比如,它的美术作品,从17世纪到20世纪,包括了伦勃朗、英格尔、特纳、科罗、卢梭、米勒的珍贵油画。其中,美国早期著名印象派画家詹姆斯·惠斯勒(James McNeill Whistler)的代表作《钢琴旁》,成为镇馆之宝。还有一位辛辛那提本土画家弗兰克·杜韦内克(Frank Duveneck),他是辛辛那提美术的奠基人,他画的那幅有名的油画《辛辛那提少年》也收藏在这里。如今,这幅画被画成巨幅壁画,在辛辛那提的街头顶天立地,成为辛辛那提的标志和骄傲。

它的藏品另一个打眼之处在于中国瓷器,从唐代到清代,琳琅满目,每一个展厅,甚至走廊里,都摩肩接踵密集地陈列着,真有些乱花迷眼。其中清康熙年间的瓷器尤为多,不少是在中国少见的外销瓷,外形和色彩都有些古怪,有些替洋人做审美想象的东方意识。还有一个打眼处,便是很多展厅里都陈列着塔夫特夫妇的画像和雕塑,都是左右对称的匹配,仿佛依然蝶双飞一样在出双入对。看这些雕塑和画像,丈夫风流倜傥,夫人风姿绰约,会不会多少有些是画家雕塑家对他们的美化?马上又打消了自己这个小心眼儿的猜想,应该是对他们的敬意,难道不应该为他们的这种选择而心怀敬意和感激吗?

还值得一提的是,它每年都会从世界各地请来一些展览,作为自己的特展。这一点,和正规的美术馆一样。今年①它便有五次特展,我来这里,赶上的是美国早期摄影作品展,都是19世纪中期的作品,被镶嵌在项链坠、首饰盒或小型镜子里,成为艺术,也成为历史。当然,这是需要花钱的。我们的美术馆常常也有一些莫名其妙的特展,不知是什么人的画和字,都可以堂皇入室摆在那里,是为美术馆挣钱的。选择就是这样的不同。

---

① 指2013年。——编者注

// //
城市的想象家

在美国中西部,圣路易斯比芝加哥的历史要久,规模也大,号称"西部之门"。可看的地方很多,比如密西西比河畔著名的拱门、城西世博会遗址开辟的比纽约中央公园和芝加哥林肯公园还要大的森林公园、获得美国城市设计大奖的市中心的城市花园等。但我选择的是城市博物馆。是专程慕名前往。为了一个叫作罗伯特·卡西里(Robert Cassilly)的人。

起初,我不明白为什么卡西里把这个地方命名为城市博物馆。它离市中心很近,是一座十层大楼,现在开放的是一至四楼和顶层的露台。这里完全是一个儿童乐园,但和诸如迪士尼乐园等儿童乐园完全不同的是,除露台上有一个旋转轮盘的大型电动游乐项目外，没有一点儿高科技的影子，楼上楼下，脚前脚后，遍布洞口，你可以随意从任何一个洞口进去，在斗曲蛇弯的洞中钻来钻去，不知会从哪一个洞口钻出来，眼睛一亮，别有洞天。很可能是一个新的楼层，也可能是一个新的游乐场，也可能是一个长长的滑梯，坐上去载你滑到别处。大楼的天井，被充分利用，变成了一个神秘的山峰，里面布满纵横交错的暗道机关，可以看到传说中的神女和动物雕塑，在迷离灯光下闪烁着诡异的光；也可以通向不同的楼层，替代了格式化的升降电梯。

到处可以看到孩子们止不住的笑脸，到处可以听到孩子们惊异的尖叫。简直就像迷宫，就像地道，地道全都是用结实的钢丝和钢管组成，孩子们，也有好奇的大人，在幽暗的洞中爬行，像鼹鼠挖洞，像泥鳅钻沙，带给人的乐趣，和高科技的游乐场完全不同，是一种全新的体验，说其新，是因为你完全靠自己的手和脚感受意想不到的新奇，那种感觉，有点儿像走进童话中神秘的森林，或阿里巴巴探宝的芝麻开门关门的山洞。

所有这些创意，都来自罗伯特·卡西里。他就是想用最朴素的方法，甚至是工业时代最原始的方法，创造电子时代现代科技所不能带给孩子们的乐趣。

不过，这只是卡西里的初衷之一。在注意到这些洞口和地道之外，必须注意到各层楼的空间所陈设的东西，你才会明白他为什么把这里叫作城市博物馆。大厅里所有的柱子都被重新包裹。包裹的材料五花八门，有碎瓷片，有废钢管，最新奇也最漂亮的是电子排版早就不用的铅板字母和图片磨具。柱子焕然一新，是我在别处完全没有见过的最神奇的柱子。大厅里还有残缺的大理石雕像镶嵌成过廊的门框；吊车吊着废矿石，立在水池边成了新颖的装饰；老式的旧壁炉变成冰激凌小卖部的窗口；破旧的钢琴任人弹奏别人永远听不懂的音符……所有这些东西，都是卡西里从城市收集来的。其中最醒目的是一架管风琴立在客厅正中，成为孩子照相的好道具。那是卡西里从纽约一家老剧院里收购来的废弃不用的老古董。

看到这一切，你才会多少明白卡西里心底的愿望。所有这一切在城市现代化进程中被废弃的东西，也就是我们常说的可以送进垃圾场的废品，在这里都焕发出新的色彩和活力，被重新定义而有了艺术的魅力。这就是为什么卡西里把它称为城市博物馆的理由。在这里，孩子们可以尽情玩耍，也可以看到城市发展过程中所遗留下来的轨迹，就像风飘过后留下一缕并未过时的清凉。

卡西里是一位城市雕塑家。但是，他不是那种非常出名的雕塑家。在美国，他的名气远远赶不上理查德·塞拉（Richard Serra），也赶不上塞拉的雕塑大气磅礴，占据城市要津。尽管在纽约曼哈顿游乐场有他的河马，达拉斯动物园有他的长颈鹿，圣路易斯街头有他的乌龟和蝴蝶，但这些雕塑只是一些动物小品。因此，他不是那种发了大财的雕塑家。每一个人有各自不同的生活追求，每一个艺术家也有各种不同的生活追求，从各自所挣下的钱所花费的方向，便可以清楚地看出追求的不同方向。有人买下豪宅，有人买下美女，有人买官鬻爵……

1983年，卡西里买下了这幢大楼，这里原来是一家制鞋公司。圣路易斯最早是靠贩卖毛皮起家而建的城市，当年因皮鞋制造业成为美国重镇。时代发展，皮鞋制造业沦落，工厂和公司门可罗雀，他以每平方米7.42美元的价格，很便宜地买下这幢2.3万平方米的大楼。买下它，就是想把它改造成为一个公共空间。难能可贵的是，卡西里不像有些雕塑家和画家，腰缠万贯之后，想到的只是扩大自己的私人空间，企望的是别墅或以自己名字命名的美术馆之类。当然，这没有什么不对，只是和卡西里相比，艺术的空间和心灵的空间不同罢了。

卡西里一时没有想好把它变成一个什么样的公共空间。他希望别出心裁，这考验他的想象力。一直到1995年，他想好了建这个城市博物馆，他请来了二十位和他志同道合的艺术家一起参与了这个博物馆的建设。他不是那种只出钱不出力的主儿，而是身体力行，事必躬亲。奋斗两年，1997年，城市博物馆开张，免费对公众开放。

有意思的是，从开放之始，博物馆并未完全建成，一直到现在，十层大楼只完工了四层。在大门之外，依然可以看到堆满各种建筑材料和从城市收集而来的废旧物品。一切都还处于现在进行时态。卡西里十四岁开始迷上雕塑，常常逃学跟一位雕塑师学艺，后来他游学欧洲，我猜想他一定是受到了西班牙建筑艺术大师高迪的影响，高迪在巴塞罗那的神圣家族大教堂和居埃尔公园，建了一百多年，还在建设之中。而且，我在一楼和二楼的餐厅里，看到座位和柱子都是用彩色瓷片和各种贝壳装贴而成的爬虫等动物图案，色彩极绚丽，和高迪的居埃尔公园里座椅和柱子那种古摩尔式的变种图案非常相似。可以看出卡西里的借鉴能力，帮助他完成他对城市的想象。在这里，他希望更多的人和他一起对这座他的故乡城市增添一些想象力，这种想象力，不是那种我们通常渴望的私人居住的建筑面积和使用面积，而是想象它返璞归真的童趣和美好，以及无限伸展的可能。所以，在这里，一切城市的废旧物品都被他点石成金，成为艺术。

卡西里说："到城市博物馆转转，让你引起求知的欲望，不是要求你知道它们背后的知识，而是让你惊讶，哦，太神奇了！如果是神奇的东西，就值得保存下去。"他说得很朴素，这是他的审美观，也是他的价值观。

很遗憾，城市博物馆开张五年后，即2002年，开始收费了，每张门票12美元。这并非卡西里的愿望，实在是无力坚持。因为进行中的一切都需要钱。而且，2000年，卡西里收购了圣路易斯城北的一片混凝土工地，他想把那里改建成一个城市艺术的新的公共空间，为大众服务。可惜，2011年，他在那里开着推土机干活时摔下山，不幸身亡。

在城市博物馆，我在各个角落里寻找有关卡西里的介绍。按照我们惯常的思路，他出钱出力乃至付出生命寄托着他对这座城市的爱和梦想的地方，怎么也该有他的一点痕迹。最后，只是在一楼玻璃墙的一块玻璃砖上看到他的一张不大的照片，下面有两行小字。一行写着他的名字和生卒年月：1949—2011；一行写着：城市博物馆艺术总监。

图书在版编目（CIP）数据

总有人会让你想起/肖复兴著.—成都：天地出版社，2024.6（2024.7重印）
ISBN 978-7-5455-8281-9

Ⅰ.①总… Ⅱ.①肖… Ⅲ.①散文集—中国—当代 Ⅳ.①I267

中国版本图书馆CIP数据核字（2024）第060900号

ZONG YOU REN HUI RANG NI XIANG QI
总有人会让你想起

出 品 人	杨　政
作　　者	肖复兴
责任编辑	王　婕
责任校对	杨金原
装帧设计	引
内文排版	挺有文化
责任印制	王学锋

出版发行	天地出版社
	（成都市锦江区三色路238号　邮政编码：610023）
	（北京市方庄芳群园3区3号　邮政编码：100078）
网　　址	http://www.tiandiph.com
电子邮箱	tianditg@163.com
经　　销	新华文轩出版传媒股份有限公司

印　　刷	北京文昌阁彩色印刷有限责任公司
版　　次	2024年6月第1版
印　　次	2024年7月第2次印刷
开　　本	880mm×1230mm　1/32
印　　张	9
字　　数	185千字
定　　价	58.00元
书　　号	ISBN 978-7-5455-8281-9

版权所有◆违者必究

咨询电话：(028) 86361282（总编室）
购书热线：(010) 67693207（营销中心）

如有印装错误，请与本社联系调换。